田间的行者

桑汤 ◎ 著

陕西新华出版
太白文艺出版社·西安

图书在版编目(CIP)数据

田间的行者/桑汤著. --西安:太白文艺出版社,2025.1. --ISBN 978-7-5513-2830-2

Ⅰ. I247.5

中国国家版本馆 CIP 数据核字第 20240X99G9 号

田间的行者
TIANJIAN DE XINGZHE

作　　者	桑汤
责任编辑	张瑶　张丽敏
装帧设计	朝夕文化
出版发行	太白文艺出版社
经　　销	新华书店
印　　刷	武汉怡皓佳印务有限公司
开　　本	787mm×1092mm　1/16
字　　数	120 千字
印　　张	8.5
版　　次	2025 年 1 月第 1 版
印　　次	2025 年 1 月第 1 次印刷
书　　号	ISBN 978-7-5513-2830-2
定　　价	68.00 元

版权所有　翻印必究
如有印装质量问题,可寄出版社印制部调换
联系电话:029-81206800
出版社地址:西安市曲江新区登高路 1388 号(邮编:710061)
营销中心电话:029-87277748　029-87217872

【序】

在文学中体会友谊和生命

文／张殿兵

　　壬寅年秋的一个周末，桑汤兄捧着一部名为《田间的行者》的书稿给我，并诚邀我为之作序。接过这部沉甸甸的书稿，我惊讶之余，也有些忐忑不安。之所以如此，原因有二：一是对于医学我只能说是喜欢，但并不能理解其博大精深的奥妙，唯恐辜负了桑汤兄的厚爱；二是桑汤兄作为一个有着丰富工作经历的人，见面突然捧着一部书稿给你，又焉能让人不吃惊、不敬佩？

　　我与桑汤兄认识多年，往事恍然如梦一样在我眼前荡漾开来。那一年，我们都是朝气蓬勃的青年，共青团阜阳市委创办了《阜阳青年报》，来自不同学校和不同工作岗位的十几位年轻人相聚在一起，共同守护这份新生刊物的成长。记得《阜阳青年报》的创刊号就刊有桑汤和我写的稿件。后因各种因素，《阜阳青年报》没刊发多久便停刊了，我们十几个年轻人一起度过了半年的时光。

　　屈指算来，我与桑汤兄的友情已经历经二十八载春夏秋冬，在人的一生中，二十八年已不算短。无论世事如何变化，我们的友谊依然如青春一样充满蓬勃朝气，倘用当前流行的一句话来比喻，那就是"归来仍是少年"。

　　《田间的行者》是一本有关悬壶济世和拯救生命的长篇小说，讲述了医者丁华明一生的传奇故事。通读全书，不单能让读者从中感受到一个普通人如何从底层挣扎走向医学的坎坷道路，也可让读者从条分缕析的医理医案和神经学科丰富的医案中得到启迪,感受中医博大精深的魅力。

对于文学作品,我始终认为,作者一定要有深厚的学识,才能写出有广阔视野和深度内涵的文字。而作者如有丰富的生活工作经验,且胸怀美好愿景,写出来的文章才更耐读。桑汤兄也正因此,方能将书中那个普通甚至卑微的人物丁华明的一生写得如此大气磅礴、跌宕起伏。

杨绛先生曾在古稀之年,写过一篇散文《隐身衣》。在她和钱锺书先生看来,卑微是人间的隐身衣。"身处卑微,最有机缘看到世态人情的真相……"我想,丁华明也必定在平凡的人生中看到了真实的世态人情,才能更用心地感悟生活,更感恩党给他的一切。正因如此,他才能成长为一个知名仁者。

什么是言简意赅?用最精练的语言表达最重要的信息。在本书中,作者用最精练简短的语言和丰满动人的故事来紧扣主题,让读者认识了一个孜孜不倦热爱生活且助人为乐的丁华明。

中医是我们中华民族的国粹,在中国几千年文明进化的过程中,中医以它独具的熠熠风采,为我们中华民族的繁荣昌盛做出了巨大的贡献。书中将丁华明痴迷于祖国中医事业的奉献叙述得淋漓尽致,窃以为,桑汤兄在这本书中所想要表达的正是:振兴传统,爱我华夏。

(张殿兵,中国作协会员,阜阳市作家协会副主席、市青年作协主席、市政协委员、市第六批文化艺术拔尖人才,曾兼任阜阳职业技术学院兼职大学教师等,文学作品发表在《清明》《安徽文学》《小说月刊》《微型小说选刊》等报刊,多次荣获全国、省市奖项等,小说《神偷失业》入选改革开放四十年安徽最具影响力的四十篇小小说。出版历史文化散文《长江流域的古国与城邑》《阜阳姓氏迁徙志》《阜阳戏曲舞蹈史略》《阜南历史文化通览》《印象颍东》等十余部作品。)

自　　序

俗话说："高手出民间，绝活出草莽。"以前只是说说，没有民间考证。我这次脑出血仅仅治疗，就在北京301医院住了整整一年。由于出血量过大，治疗后引发的后遗症的康复成为一个难题，尤其是面瘫和右半边身子让我痛苦不堪。

可以说，该用的医器都用了，该针灸的都针灸了，该按摩的都按摩了，该跑的大医院我也都跑了，但效果仍然微乎其微。在没有办法的情况下，我只能改用"查土方治大病"的路子，发动我的学生，只要发现好的民间医者，都推荐给我。这几年来，我先后见了200多个医生，他们用自己积累的千奇百怪的方法，让我的病症得到了一些改善。特别是我在遇到丁华明后，更是惊喜万分。

丁华明是一个家住开发区龙王村的乡村医生。

第一次去看诊，他告诉我："你耽误的时间太长了，如果刚出院就来，康复要快得多。但你这已经耗了五六年了，治疗可能就要慢一点，不过不要紧，要持之以恒，只要你肯坚持治疗，也会痊愈的。"

丁华明让我趴在病床上，两个手放在我脚脖上一会，用垫板垫着，用小锤沿脊梁沟两侧，锤一遍，起来认真端详了我的脸后，用一个手扶着我的头，一个手掐我眼右角，眼上，耳后根，嘴右角。二十多天后，我的面瘫竟然就这么好了，腿脚走路外掰的情况也逐渐好转。

我感到吃惊。

丁华明笑着说："对症！您是脑出血后遗症而导致的神经坏死，也就是说您的神经正在工作着，忽然大脑出血，压迫个别神经不能工作，时间一长，导致神经缺血而死亡。面瘫就是左脑神经受损，致使右半部神经死亡，左右神经不能合理工作。我掐面右部穴道，激发神经元恢复,让血管供血,从而使神经继续工作,通过按摩继续刺激,逐渐形成面部神经左右既统一又对立的关系。使面部歪的症状消失,康复成健康的面容。"

听了丁华明的一席话,我立即想到"高手"两个字。我想,他肯定是民间高手。

作为一个农民,丁华明为什么能掌握那么多知识？为了解开这个疑问,我走访了丁华明的亲戚、朋友以及他周围群众和他庞大的病人圈,发现丁华明除脑子特别好使外,他还有一种其他人少有的性格——出奇的执着。

在他儿时,一个童伴死了,丁华明去请教和尚。在此后的很多年里,丁华明学过木匠、石匠、唱戏、放电影等几十种手艺,同时,经过二十六年潜心学习,他在医学上也学有所成。

怎样把传统医学和西方医学结合起来,怎样把神经学与传统医学融合起来,怎样把神经学与中国古代医学交融起来,怎样把26年的学习研究成果转化成实践,丁华明为此又开始了持续10年的游学。经过游历和尝试性为病人看病,他取得了丰硕的成果。他不仅把传统的古法按摩,神经,中医的穴位融合得融会贯通,炉火纯青,还实验治疗面瘫,治愈率达95%以上。

后来,丁华明回家开了个诊所,小病小灾,基本上都能手到病除。我去看病时,有人称他"半仙",而有人称他"木匠",有的干脆说:"老李来一段。"如果闲了,他还真随口来一段豫剧。70多岁的丁华明总是这样,一张嘴三笑,好像庙里的弥勒佛,只不过干瘦点。

至于许多人称丁华明为"神仙",说他医术高,这绝对无可厚非。但是,当人真正把他当神,有求于他时,对他既崇拜又害怕。丁华明对此并不在乎,他只自顾看他的病,慢慢改进自己的艺术。

2016年,习近平总书记在江西考察江中药谷基地时的讲话,丁华明牢记心间:"中医药是中华民族的瑰宝,一定要保护好、发掘好、发展好、传承好。"

(此序经过阜阳市宣传部燕少红副部长指导过)

目　录

【序】
　　在文学中体会友谊和生命　　/　1
　　自序　　/　3

第一章　俯首甘为孺子牛
　　生,喜鹊满天飞　　/　3
　　吃,要吃出花样　　/　7
　　玩,就有个玩样　　/　9
　　学医,在华明心里萌芽　　/　13
　　挨打,但坚强着　　/　15
　　要吃饱,必须有实力　　/　19

第二章　春蚕到死丝方尽
　　做时代的好青年　　/　22
　　在学习中实践　　/　24
　　身体是一切的本钱　　/　26
　　与群众一起劳动　　/　28

第三章　而今迈步从头越
　　在祖宗那里讨出路　　/　32
　　向家族长辈学习　　/　34
　　叔叔给他送来了光明　　/　38
　　学习是我的使命　　/　42
　　解剖,解剖出自己的真爱　　/　44

第四章　切身须要急思量

　　人体神经的重要性　/　47

　　爱，不能过头　/　50

　　堂堂正正回家　/　56

第五章　只缘身在此山中

　　上班，辞职　/　63

　　为吃饱肚子学木匠手艺　/　70

　　唱、小调、戏　/　72

　　放电影，新的尝试　/　75

　　到外边去看看　/　78

第六章　小荷才露尖尖角

　　学会怎么看病　/　82

　　理论非常重要　/　84

　　药，要巧用　/　86

　　最经济的治病法　/　89

第七章　报德慈亲点佛灯

　　游历之后　/　93

　　成才从孩子抓起　/　95

　　路，越走越宽阔　/　98

　　为了孩子，修桥　/　105

第八章　万类霜天竞自由

　　是病都看　/　110

　　充分发挥个人特长　/　113

　　攻克股骨头坏死　/　115

　　研究强直性脊柱炎　/　119

　　父亲、爱人鼎力支持　/　121

【后记】

　　只为人间少份痛　/　127

第一章
俯首甘为孺子牛
FUSHOU GANWEI RUZINIU

丁华明是淮河岸边一个地地道道的农民,与其他父老乡亲一样,他终日与庄稼相伴,日出而作、日落而息。当你走近他,了解他,你会发现,他不仅仅是一个农民,还是整个村庄父老乡亲的"健康守护神"!

丁华明是个种地好手,摇耧撒种各种农活都难不倒他;他是乡村"艺术家",吹拉弹唱也无所不能,农闲时,他会给精神文化匮乏的乡邻们送上土生土长的"艺术盛宴"。

丁华明种过地,当过兵。当兵四年退伍回来后,他坚持自学研究医学,研究不通了就外出游学。大河两岸,黄河南北,华佗故里,医圣遗迹,只要听说哪里有好的方子,甚至医学故事传说,他就去刨根问底。他经常说:"高手在民间,传奇在民间,我们老祖宗的很多神奇医术,大多深藏在民间。"这一研究就是二十多年,这一切就是为了内心的医学情结,为了帮助乡邻祛除病痛、健康生活。

丁华明是农民,他情系桑梓,自己出钱给老家修了四条路,从砖砟路到沥青路、水泥路。后来,他又修了四座桥,从拱桥到梁式桥。不说钱,不说技术,就说那颗心,您还认为他仅仅是一个农民吗?他已经成为乡邻心目中的"慈善家"。

当然,他还有许许多多感人的故事,请您慢慢往下看……

生,喜鹊满天飞

乡下的连阴雨已经下了一个星期,看云识天气,看来近日雨是停不了啦。但在这万物复苏的季节里,哪个农户还会嫌春雨多呢?

丁家村的位置很好,从东往西,古润河从这里缓缓流过,古润河的支流像大地的毛细血管一样,滋养着这一片肥沃的土地。夜雨细而密,织成雨雾,笼罩着静谧而古老的村落。

天刚蒙蒙亮,丁明简已经起来了,昨天丁家刚分了十亩地,今天要分牲口,他高兴啊!

"应南,起来,吃过饭跟我一块儿分牲口去。"丁明简喊儿子。

"好,我来了。"丁应南刚走出屋子,便听到一阵鸟叫声,他抬头一看,雨停了,清凉的雾气里好多喜鹊飞来飞去。

"今天怎么有这么多喜鹊?"丁应南疑惑地问。

丁明简一看,大笑三声,兴奋地说:"喜鹊来了,必有大喜,大喜啊,儿子!"

"什么大喜?"丁应南不解地问。他听老人说过,喜鹊叫代表有喜,可这两天会有什么让父亲高兴的喜事呢?

"不必多问,咱们抓紧时间吃饭。"

爷儿俩到厨房简单吃了一点东西,便朝村部走去……

这一路泥泞不堪,但丁明简心里高兴不已,他想:要是能分到村里那匹枣红马就好了,那马牙口小,还是个半大的"小伙子",壮实得很,只要调教一下,以后骑上它去街上买点东西、带个货物都不成问题,关键是骑在马上让人感到意气风发,想想都觉得威风。但他转念又一想,马不能拉犁,干农活还是分一头牛最好,农民还是要踏踏实实把地种好,有了粮食,才是王道,农民心里才能踏实安心。丁明简美滋滋地往村部走去,仿佛光明大道已经在他面前铺展开来……

应南媳妇一早躺在床上,其实在应南起床的时候她就醒了,可她突然感到肚子疼,刚想跟应南说一声,又被丈夫和公公说的什么喜鹊报喜给吸引了注意力,她只顾听喜鹊叫,一会儿就感觉肚子不疼了。

结果等应南走后,应南媳妇慢慢起身,肚子突然又开始疼了,甚至比早上那会儿更疼一些,莫不是要生了?

应南媳妇吓了一跳,于是她赶紧喊婆婆:"俺娘,您快来,我肚子突然疼得很,我可能是要生了!"

老太太一拐一拐地跑进来,掀开儿媳妇被子一看,急忙说:"哎呀,是快生了,我这就去找你二婶去,她是接生婆,生孩子的事她懂的最多。媳妇,你可要坚持住啊,娘马上就给你把人找来。"

"俺娘,您快去,我能坚持住。"应南媳妇此刻疼得直冒汗。

不多时,二婶就赶来了。

二婶一进屋,急忙说:"应南媳妇见红了,这是快生了。嫂子,你快去准备好小被子、尿布和红糖,再烧些开水来。"

老太太立马又忙开了……

"来,应南媳妇,使劲儿,一、二、三,一、二、三……对,就这样。"房间里不时传出应南媳妇痛苦的尖叫声。折腾到快中午,应南媳妇已是满身大汗,声音也渐渐小了。

二婶一看,孩子还是没影子呢!于是,她急忙喊老太太:"嫂子,让应南媳妇喝红糖水打鸡蛋,快!生孩子是个力气活,体力不支可不行。"

一大碗热乎乎的红糖水加鸡蛋花喝下去,应南媳妇感觉自己又有了力气。

二婶让应南媳妇跟着她喊的节奏用力,一边大声说:"应南媳妇,我感觉到了,你这肚子里是个大胖小子,这小子舍不得亲娘,赖在你肚子里不想出来呢,你加油,再使点劲儿!"

二婶又让老太太请了邻家大娘来帮忙。四个女人一起喊:"小子,出来!小子,出来!"

伴着一串响亮的啼哭声,应南媳妇生了,果然如二婶所说,是个大胖小子。

"我的乖乖,声音那么洪亮,一瞅真是个小子,难怪!"二婶擦着汗说。

"这下我们老丁家可算是有孙子了,这可真是大喜事啊!"老太太瞅着大胖孙子,乐得合不拢嘴。

这边,丁明简如愿分到一头牛,居然还是可以产崽的母牛,回家路上,他高兴得一边走一边唱:

> 竹板一打梆梆响,
> 高高山上两间房,
> 一家姓李,一家姓张,
> 张家有个大公子,
> 李家有个大姑娘,
> 他们两家门当户也对,
> 商量商量要拜堂。
> ……

丁明简刚走进院子,就听到了婴儿的哭声,正要问时,只见老太太出来倒水。

老太太看到丁明简,乐呵呵地说:"老头子,你得孙子了!大胖孙子!"

"我得孙子了,我得孙子了!"丁明简大步流星地向院里走去,心想,难怪一大早看到那么多喜鹊,这可真是大吉啊!

应南却踌躇在房门口,不知该进去还是不该进去……

吃，要吃出花样

丁明简走进屋，翻出柜子里的万年历，仔仔细细地查看起来。看完后，他就该给大孙子取名字了。丁明简暗自思忖着：这孩子是老大，起个贱名好养活，小名就叫大毛吧。至于大名，那可要讲究一些。这孩子一出生，适逢春雨，春雨贵如油，春天万物复苏。孩子一出生，雨就停了，风轻云淡，喜鹊翩飞叽叽喳喳叫，那大名就叫丁华明吧。今年得了孙子，到了明年，那头母牛再生个小牛犊，那我们丁家的日子可真是大有盼头啊……

"应南，让你娘炒两个菜，中午咱爷儿俩喝两杯。"丁明简喜不自胜。

晚上，应南抱起小华明，看着还有些虚弱的媳妇，心疼地说："今天生孩子可把你折腾坏了，疼吗？"

"疼啊，钻心地疼，不过不疼孩子怎么能生出来？"

"也是，真是辛苦你了。"

"有你这句话，我也不觉得辛苦了。想想倒也好玩，你和爹一早在外边讲喜鹊时,他还在我肚子里踩了两脚呢,可真调皮。"

一眨眼,华明长到一周岁了。丁明简一大早就开始准备中午的抓周活动。他在屋里铺了张席子,在席子上摆上大案子,大案子上面摆着印章和各种书,下面摆着笔、墨、纸、砚、算盘、钱币、账册、吃食、玩具等抓周道具。

中午吃过饭,应南媳妇把小华明抱来,放在席上。小华明眨眨眼睛,先看看爷爷、奶奶,又看看妈妈和爸爸,他快速地把下面摆的东西全扒拉到自己面前,喊道:"妈妈,妈妈……"

丁明简犯愁了:"这孩子把啥都抓了,长大会干什么呀?"

虽然不好推测孩子未来干什么,但是从他先扒拉吃食这方面,可以看出华明的聪明才智。对于孩子,吃是第一要事。

菜瓜可以现摘现吃,也可以腌咸菜或做酱豆;酥瓜又嫩又香,可以直接生吃,煮熟了更好吃;小瓜必须熟透了,才香甜可口;西瓜没熟也可以吃,熟了的西瓜又甜又沙;最扛饿、最面的是老面瓜,不过必须熟透,甜而不腻。当然还有南瓜、冬瓜、笋瓜等,这些上锅炒了才好吃。

还有的东西要在野外吃更有韵味。小华明最爱烧红芋头,他先挖个窄而深的洞,把红芋头放在上面,到周围拾些干树枝,找点易燃烧的柴草放在树枝上点着,一点一点放到洞里慢慢地烧,每过一会儿就翻翻,直到用手捏着红芋头变软了,就熄灭火,再煨一会儿,红芋头就熟了。剥掉皮咬一口,香甜可口,回味无穷,小华明抹抹嘴,一脸满足。烧豆子,秋天豆子叶黄时,豆子似熟未熟最好。先物色一片大点的树林,在中间找一块平整干净的地方,用树枝扫干净,准备好一筐干树叶,再到树林外薅一把豆子放在树叶上,点着火,待树叶烧完,火熄灭后,用小褂把灰一扇,蹲在那儿慢慢享受美味的豆子。每当这个时候,小华明的小肚子总是塞得鼓鼓的,像个小皮球一样。

玩，就有个玩样

玩，是孩子的天性。从玩中，我们可以看出丁华明的个性。他的个性决定了他的一生。

玩泥，是所有小孩子的天性，农村有种叫摔地炮的游戏，是孩子们玩泥的必经之路。三岁时，华明看别人玩，自己也跟着去玩。丁华明一连做了三个，可都摔不响，他急得直跺脚，最后他干脆朝泥窝里一坐，自顾自哭了起来。哭了好一会儿，他突然擦干眼泪，慢慢地站起来。

丁华明也不说话，只是一会儿跑到这个小孩跟前看看，一会儿又跑到那个小孩跟前瞅瞅，特别是摔得响的几个孩子，他更是要站在人家跟前多看几眼才肯离开。然后，他认真思考了一会儿，重新拿起泥做了起来。

这一次，丁华明也是一连做了三个，摔过后又与刚才摔得响的对比一下，他发现原来地炮的底子越薄，就越容易炸开。接着，他又做了三个，这三个都连续摔炸了，但却不是很响，这到底是为什么呢？

爱思考的丁华明对比了自己摔炸的六个地炮，想了想后，又去别人那里观察了一下，回来后又做了三个，这三个一个比一个大，然后他一个接一个摔,其中的两个响了,且大的比小的更响,而另一个因为摔歪了没响。

丁华明仔细琢磨后,又一连做了六个地炮,一个比一个大,一个比一个底子薄。做好后,他站直站正,慢慢地摔,结果这次六个地炮全炸了,并且一个比一个响亮。

丁华明认真总结起来,他发觉做地炮不外乎三点:一是底子越薄越易炸;二是个头越大越响;三是摔时要站直别摔歪了。

一般的小孩玩就单纯只是玩,可丁华明却与众不同。他无论玩什么,都会在玩的同时去深入思考,在他看来,无论干什么,只要善于观察,善于实践,善于总结,就没有做不好的。不仅如此,丁华明还在一个个游戏中领悟到了很多小孩长大后才能明白的人生哲理。

在农村,孩子爱玩水是家喻户晓的,玩水的孩子玩"逮扎猛子"游戏也是一大趣事。一帮小孩,一到夏天,沟里、河里、塘里就是他们的乐园。吃过午饭后,或者完成薅草、拾柴火等家里布置的任务后,几个孩子就相约来到水边,大家分成两拨:一拨人去扎猛子,一拨人逮扎猛子的人,只要被逮到就算输,输的人再开始逮扎猛子的人,如此循环往复。

刚开始玩时,丁华明经常被逮住。于是,他就静静地坐在沟边看别的孩子怎么玩,看经常赢的那些孩子扎猛子时有什么特点,并认真揣摩着。慢慢地,他总结出要想游得好,就得掌握这几个要领:首先要掌握憋气这个技能,在水下时间越长,才越有时间做动作;其次是要够快,越快越能挤出时间做动作;最后是动作要灵活,得灵活得让人摸不着、抓不住才行。

于是,丁华明经常独自在没人的水沟里练习,经过两年的刻苦练习,十二岁的他就成了龙王村的逮猛子高手,无论遇到什么对手他都是稳扎稳打的赢家。

闯营这个游戏,华明倒是一下子就学会了。撞营,就是一伙人分成两队,一队手拉着手与另一队面对面站着,每队通过"石头剪刀布"的办法各选出一个队长,双方队长再用这个办法决定哪队先开始。先开始的队由队长派一个人撞对方的队列,把对方拉着的手撞开了就算赢,赢了后就可以从对方队列中选一个队员加入自己的队列,但不能选队长,然后自己也回到自己的队列,开始新的一轮。对方闯你的队列时,如果没有闯开你的队列,那么这个闯队的队员就归你的这队。这个游戏看似很简单,实际上选队员很重要,尤其是选第一个闯营选手,选手必须与本队一条心,这样才能确保闯赢,而队长也必须会选队员,这样才能奠定获胜的基础。

丁华明之所以总能成为闯营的赢家,原因就在于他比较会选队员,他每次都不像别的队长那样非要选个最强的,因为他的重点放在守上,这样一来你永远攻不破他的队列,他最终总能取得胜利。

最让丁华明难忘的一件事,也是影响他一生的事情,他到现在也记忆犹新:

十二岁那年的一个傍晚,丁华明在回家路上看到一个小孩躺在路边,他弯腰仔细一看,竟然是经常跟他一块儿玩的朋友毛蛋。

丁华明伸手把毛蛋拉了起来,可毛蛋却一点反应都没有。丁华明不免心中一惊:"不对啊,怎么硬了,他莫不是死了?"

丁华明连忙松手,随着一声响,他隐约听到毛蛋出了一口长气。"他没死,如果死了,怎么还出气呢?"

"毛蛋,毛蛋,你快醒醒啊!毛蛋,你别吓我啊,前天我们还一块儿薅草呢!"

可毛蛋却一直一动不动地躺在地上,丁华明坐在毛蛋身边,他越坐越害怕,他想站起来回村里喊人来看,可浑身上下一点力气都没有,怎么都站不起来,于是,他只能放声哭了起来……

等丁华明的父亲找到这里时,丁华明才恍恍惚惚地知道毛蛋再也起不来了。

父亲背起丁华明,准备带他回家,可丁华明坚决要让爸爸带上毛蛋。

父亲看了毛蛋一眼,告诉丁华明:"毛蛋已经死了,我回去叫他家人来。"

"毛蛋好好的为什么会死呢？他前天还跟我一块儿薅草呢。"丁华明不解地问父亲，眼神里满是茫然。

"他可能本来就得病了吧。"父亲边走边说。

"什么病呢？平时他看起来好好的啊。"丁华明只觉得心里阴沉沉的，这是他第一次看到熟悉的玩伴死在眼前。在此之前，他从不知道死这个事情会离他这么近。

"不知道。"父亲低声说。

学医，在华明心里萌芽

丁华明被父亲背回家之后，心里只觉得害怕，浑身软绵绵的，打不起精神，晚上没有吃饭就倒在床上睡了。

半夜时分，丁华明突然发起了高烧，浑身滚烫，父亲给他敷了毛巾，他的高烧还是迟迟不退，并且还满口说起了胡话。

丁华明的父亲吓得不敢再睡了，赶忙重新点上灯。这时，丁华明的母亲也起来了，问他父亲："你昨天把华明背回来，我看他一直喊叫害怕，昨天孩子是碰到什么事了？现在一直烧着，咱该怎么办呀？要不要赶紧带他去找医生看看？"

丁华明的父亲刚想讲孩子可能昨天受了惊吓，转念一想，现在正是半夜，媳妇也胆小，没必要让媳妇也跟着操心，便说："没事，华明可能受凉了。你先睡吧，华明烧得说胡话，今晚我抱着他睡，等天亮了，我就去请医生给看看，拿点退烧药回家煎几服，他喝了就好了。"

丁华明的母亲不知道毛蛋那件事情的经过，想着孩子应该没什么大碍，就又过去睡了。而丁华明的父亲心里却怕得很，等媳妇睡着后，他悄悄起身走到内室,双腿盘好,坐在床上,让华明躺在自己腿上,给他盖上被子一直等待天亮……

等到天亮后,丁华明的父亲让媳妇在家做饭,他抱着丁华明到诊所,让医生给丁华明看看。医生给丁华明号了号脉,又翻开丁华明的眼皮看了看,这才跟他父亲说:"没啥要紧的事,孩子就是受了点惊吓,我给你拿点药,回去给他喝了,很快就会好了。"

医生给丁华明开好药,又说:"回去给孩子洗个热水澡,熬点生姜水,再放点红糖,让他趁热喝,估计等天黑就不会再烧了。"

果不其然,天还没黑,丁华明就好了。在那以后,丁华明就再也没有见到毛蛋,想起毛蛋,他的心里就总是感觉空落落的。从这以后,丁华明变得多愁善感,时常会想,人究竟为什么会死?人既然已经死了,为什么还会出一口长气呢?

丁华明小心翼翼地问医生:"人为什么会死啊?"

医生先是一愣,似乎没料到一个小孩会突然这么问,随即他又笑笑说:"你这孩子,还这么小,就开始关心生老病死的事了。生老病死是自然规律,那孩子也是可怜,发急病死了。"

"噢,那以后还会有人这样突然得病死掉吗?"

"孩子,这个问题我用三言两句可跟你说不清。要想解开你的疑问,从现在起,你必须做两件事:一是你一定要好好上学,以后争取上大学;二是你可以去学医,你家就有会中医的老人。但这还远远不够,你只有上大学去学更多知识,才能清楚地解答你今天的疑问。"

"噢,谢谢医生。"丁华明忽然发现,人生还有这么多可能。

"你今年多大了?"医生问。

"我十二岁了。"丁华明回道。

"那正是学习的好时候啊,你回去好好学习吧。"医生摸摸他的头说。

"好,谢谢,我一定会好好学习的。"丁华明似乎懂了……

挨打，但坚强着

丁华明成熟得早，但经常挨家里的打。不了解情况的人，总以为他又犯了什么错，惹长辈生气了。而了解情况的，会说这孩子从小就机灵，脑子活泛，以后一定能干成大事。

四岁那年，丁华明坐在奶奶旁边看奶奶纺线，他越看越觉得纺线怪有意思的，想着他要是也能学会纺线，那就能给奶奶帮忙，省得奶奶一天到晚总是纺线纺得眼睛疼。

恰巧这时，东院的奶奶来找奶奶去她家帮个忙，奶奶临出门前，对丁华明说："华明，你可千万不要动我的线啊。"

"我知道了，奶奶，我会不动的。奶奶，你快去吧！"

奶奶走后，丁华明坐到了奶奶的位置上，他用右手扶着纺车的扶手，用左手摆弄着棉条，学着奶奶的样子开始纺起线来。一开始，他纺得很轻，到后面越来越重，线刚开始很细，后面却越来越粗，直到纺不动了，他猛地一使劲，连接纺车与线锤的细绳断了。

丁华明想了各种办法也接不上，他急得满头大汗，心中满是害怕，这下可闯下祸了。丁华明正准备跑时,奶奶回来了。奶奶被他气得不轻,大声训斥道:"你这孩子,我走之前咋说的?快给我跪下!"

丁华明老老实实地跪在奶奶跟前,他闭着嘴,翻着眼。

"你知道我为什么让你跪着吗?"奶奶一边收拾着丁华明闯祸的残局,一边问道。

"我偷偷纺线了。"丁华明自知理亏,低头小声回道。

"不,你学着纺线并没有错,你错在把纺车的转动线给奶奶弄断了,把线纺得跟鹅肠子一样,你说这该不该打?"奶奶又问。

"该。"丁华明点点头说。

"你把手伸出来。"奶奶说完,朝丁华明的手心狠狠打了五下。丁华明龇着牙,咧着嘴,鼓着腮。

"华明啊,奶奶也不想打你,但你得知道,你吃的油、盐、醋等都是奶奶日日纺线,用卖线的钱买的,你从头到脚穿的也都是纺的线织布做的,你说奶奶一天纺线容易吗?"奶奶心疼地摸着丁华明的手说。

"奶奶,我不是故意捣蛋的,我就是看您太累了,我想帮您做一些事情,谁知道竟闯祸了……"丁华明诚恳地跟奶奶认错道。

"你真想学?"奶奶问。

"奶奶,我真想学。"丁华明看着奶奶,认真地说。

"我的乖乖孙子哟,是奶奶错怪你了。起来吧,奶奶明天就教你……"奶奶心疼地搂住了丁华明。

七岁八岁狗都嫌的年龄,丁华明还干不动农活,他待在家里的主要任务就是照看妹妹,在农村这是最为常见的事情,大人们忙地里活,不懂事的小孩子就需要大一点的孩子照看着,防止小孩子跑到沟里或塘里发生危险。

丁华明善于观察,母亲擀面条的流程他早就记在心里了。有一次,眼看天都黑了,可大人们一个都还没有回来,妹妹饿得不停地哭,丁华明也饿得肚子咕咕直叫。他突然想到己来擀面条,这样等大人们回来就可以吃口现成的热饭了。

丁华明哄好妹妹,说要给她做饭吃,妹妹一听马上就不哭了。丁华明找出家里仅剩的白面粉,让妹妹帮他抓住盆子,他来往里面添水和面。丁华明一边和一边想着:水少了就多添点面。两个孩子就这样,一个抓紧面盆,一个用劲揉搓着面。

丁华明记得母亲的话:和面要做到三光,那就是手光、盆光、面光。丁华明把一大团面终于和好了,摸着软软的、光光的。可丁华明擦干净案板后,才发现坏事了,原来面和得太软了,而且他也没有预留擀面用的干面粉。望着空空的面袋子,丁华明害怕了,他浪费了这么多白面,看来今晚这顿打他是跑不掉了。丁华明越想心里越不安,紧紧搂着妹妹,靠在床边不知不觉就睡着了。

等大人们干完地里活回来,母亲发现了不对劲。这时,丁华明也醒了,他哆哆嗦嗦地跟母亲说自己做错了,他原本是想让父母回来就能吃上饭的,没想到却闯祸了。丁华明低着头不敢吭气,他在等待父亲的鞋底子,结果母亲却哽咽着一把搂过丁华明和妹妹,呢喃着说自家孩子长大了,也知道心疼父母劳动辛苦了。

母亲很快就从邻居家借来一点白面,把丁华明和好的面团拿过来再次揉搓,再撒上干面粉,很快她就擀好了面片,然后再拿刀切成细条放入锅里煮。

那晚的面条可真香啊,一家人围坐在一张小破桌旁埋头吃面,只听到呼噜呼噜的吃面声,丁华明母亲一直夸华明的面揉得好,面条才这么好吃。丁华明悬着的心终于放下来了。他在心里暗暗发誓,以后他一定多帮母亲做饭。

丁华明十一岁的时候,抱着妹妹看大人扬场。扬场可是个技术活,凡是技术好的人,说他能被村里人捧上天这可一点儿也不夸张。丁华明的父亲一直都是个好把式,他正一边扬,一边给别人介绍经验,什么"出来一大片,回去一条线",什么"有风低,无风高,外行扬场让人笑"……

丁华明在一旁站着,不知怎么回事,他突然倒在了地上,怀里的小妹也被甩了出去,好长时间都哭不出声来。丁华明吓坏了,等小妹哭出声了,他才反应过来。他立马爬起来,自己鼻子淌着血也顾不得擦,赶紧把小妹抱了起来,哄着说:"小妹不哭,小妹不哭,是哥哥不好……"

丁华明正忙着哄妹妹,这时,一根木棍猝不及防地打到了他的背上。丁华明一吃痛,"哎哟"一声,他回头一看,拿木棍打他的正是他的父亲,这时候他才听到父亲的厉声呵斥:"我问你,你眼睛长哪里去了?怎么把妹妹摔地上了!"

"小孩摔倒是常事,你打华明干什么?孩子又不是故意摔妹妹的。再说,你看孩子自己也摔得流鼻血了,赶紧给擦擦。"有个村民想阻止丁华明的父亲,但又拦不住。这时,又围上来一群人终于挡住了他,这一下才没有真的打到丁华明身上。

"我要打死他!我非要问他眼睛长哪里去了!"丁华明的父亲挣扎着还要继续打丁华明。

"华明快跑……"大家一边拉着丁华明的父亲,一边喊丁华明跑开。丁华明的小妹刚开始还在哥哥怀里哭着喊疼,当看到父亲要用木棍打哥哥,就又吓得哭得更大声了,她边哭边喊:"别打俺哥,别打俺哥……"

"丁应南,你想干啥?大家劝你都劝不住,你这是非要把自己儿子打伤吗?我倒是要看你有没有那个胆!"队长喊了几声,整个麦场顿时安静下来了,没过两分钟,就又喧闹起来……

丁华明的母亲这时才从麦地里赶过来,她看着华明被打红的背,心疼得直掉眼泪。她一边从丁华明怀里接过华明小妹,一边冲丁应南嚷嚷道:"你下手怎么那么重,孩子如果有个三长两短,我看你怎么办!"

晚上,丁华明的父亲回去,看见华明背上横七竖八的红痕,他心疼得哭了起来,跟丁华明说:"你这傻孩子,我要打,你就跑啊,别人再一拉,不就没事了!你怎么不知道跑,愣是在那儿等着木棍打到你身上!"

丁华明的父亲哭得很伤心,丁华明躺在床上装作睡着了,其实他根本疼得睡不着,木棍打到的地方生生地疼啊,钻心地疼啊!但是,这次挨打也让丁华明懂事了很多。

要吃饱,必须有实力

"自己摔倒了要自己爬起来,光指望人家扶一把那才是瞎话。"丁华明从十四岁开始就努力学习各种技能,他希望能尽自己的全力多挣点钱,为家里减轻负担。

丁华明最初选择的是学快板,因为这事做起来不光简单,还不用多花钱。快板是一种传统说唱艺术,属于中国曲艺韵诵类曲种。但对丁华明来说,它不仅是艺术,更是一种吸引人的工具,是一种大众喜欢的顺口溜,能使老百姓听了心里高兴。

每到逢年过节、婚丧嫁娶之时,丁华明就挎个篮子,无论走到谁家门口,他把竹板一打便开始唱了起来。

  竹板一打梆梆响,
  高高山上两间房,
  一家姓李,一家姓张,
  张家有个大公子,
  李家有个大姑娘,

他们两家门当户也对，

商量商量要拜堂。

一段表演过后，主人家多少要给他点东西，大多时候给的是粮食，得来的粮食就这样积少成多。如果恰逢荒年，家里就可以拿这些粮食来救急，不至于饿肚子。如果生活富足了，还可以拿多余的粮食喂猪。随着年龄的增长，丁华明觉得打竹板不太吸引人了，思考良久，他决定买个鼓唱大鼓书。

这个十来岁的孩子，每天晚饭后背着鼓，将鼓架子一支，大鼓一放，"咚咚咚"一敲，简板一打响连声，接着说道："天也不早了，人也不少了，鸡也不叫了，狗也不咬了，我们书归正传了。众将官——有！听令——是！"

就这样唱了数月，丁华明唱书唱出了门道，可他又转身去"跑旱船"了，马不停蹄地跟着大家走街入巷、走村入队演出。

跑旱船，是一种民间艺术表演形式。跑旱船时，由一个"船公"划桨引船，在前头引路，做出各种各样的划船动作，而"乘船者"在表演中，往往走着碎步，使船在前进时能一直保持平稳状态，犹如真正的船在水面上漂动一样。

跑旱船是丁华明过年期间最高兴做的事情，他觉得跑旱船既能让他吃饱肚子，又让他内心充满快乐。但他能干一辈子跑旱船吗？其他问题怎么办呢？

第二章

春蚕到死丝方尽

CHUNCAN DAOSI SIFANGJIN

做时代的好青年

毛泽东主席曾教导我们:"我们的教育方针,应该使受教育者在德育、智育、体育等几个方面都得到发展,成为有社会主义觉悟、有文化的劳动者。"

小学阶段,丁华明把时间都用在了玩和吃上。对于一切玩的东西,比如用黄泥捏的小玩意儿,用小刀刻的小玩意儿,丁华明除了自己玩,其余的都用来换钱了。他用换的钱买了香喷喷的烧饼吃,他不但自己吃,还分给弟弟和妹妹吃,分给同学们吃。

在那个时候,吃饱肚子对大家来说都是件奢侈的事。在吃这方面,丁华明自小就很会"打野食",他今天跟小伙伴一块儿煮点鱼吃,明天跟小伙伴一块儿逮只野兔吃,等等。后来,他去做了打快板、唱大鼓书、跑旱船这些营生,靠着这些手艺,他不仅解决了自己家的吃饭问题,还解决了同村部分人的吃饭问题,初步实现了自己的理想。

荒年过后,有个老师邀请丁华明跟他一块儿去说书,告诉他不但有吃有喝,过两年还能赚到钱娶上媳妇,但丁华明拒绝了他的邀请。丁华明认为,解决吃饱饭的问题后,他还是应该去读书。因为他记得早年那位医生跟他说的话:上大学,学医学。

初中阶段,丁华明刻苦学习,他希望能够考上大学,将来可以报效祖国。他主动争取班长职位,一心为同学服务。经过民主选举,丁华明满票当选为初一(1)班班长,并且由于表现优秀,他后来连选连任,当班长一直当到了初中毕业。

一眨眼,最忙碌的收麦时节到了,丁华明召集班委开会,决定组织同学们帮助生产队收割麦子,争做无名英雄,彰显他们的少年担当。

同学们商量好第二天鸡叫三遍后在学校操场集合,具体割哪块地暂时保密,丁华明叮嘱大家今天晚上回到家后务必把镰刀磨好,跟家长只说明天学校有任务。

第二天,鸡叫了两遍,丁华明就匆忙起来,他洗了脸后,路上叫上钱二牛,两人赶到学校操场时,正好鸡叫三遍,这个时候同学们已经全部到齐了。

丁华明小声发出指令:"出发!咱们去学校北边割麦子。"

同学们迎着一弯下弦月急匆匆地向麦地走去,他们个个摩拳擦掌,心怀神圣的使命,一到地头就热火朝天地埋头割起麦子来,麦地里一时间没有一个人说话,只能听到"沙沙沙"的割麦声。

"哎哟!"王小兰突然喊叫了一声。

丁华明赶紧跑到王小兰跟前,关切地问:"王小兰,你怎么了?"

"我不小心把手割烂了。"王小兰不好意思地说。

"要坚持,要发扬拼搏的精神。"丁华明说着,从口袋里掏出红药水,给王小兰涂上,接着用白纱布包好伤口,"你先稍稍休息休息,等不疼了再继续割麦子吧。"

"不,班长,我要坚持跟大家一起完成割麦子任务,我能做到轻伤不下火线。"王小兰语气坚定地说。

等麦子全部收割完,同学们又悄无声息地回到了学校。上课后,大队书记通过喇叭表扬了大家帮助生产队割麦子的行为,虽然未被点名,但大家心里都是乐滋滋的,像戴了大红花一样喜悦。

为了成为真正的无名英雄,丁华明让大家背诵毛主席语录:"加强纪律性,革命无不胜。"

在学习中实践

盛夏时节,丁华明约上了几个小伙伴,大家一起结伴去老塘钓鱼。小伙伴来到潮湿的地方挖好蚯蚓,拿着鱼钩到位置较好的地方蹲下,不一会儿就钓上来几条,不过都是小的。

突然,二子指着不远处说:"你们快看,那边的水面上那么多水泡,下面肯定有很多鱼,我们快到那边去钓吧。"

二子他们很快就到有水泡的地方去钓了,只剩丁华明依然在原来的地方静心慢慢钓。

半天时间过去,丁华明钓了五六斤鱼,其中还有三条大的,而二子他们却连一条小鱼都没钓着。

傍晚准备走的时候,丁华明问:"你们钓了多少?"

"我们一条鱼也没钓着。华明,你钓了多少?"二子问。

"五六斤。"丁华明如实回答。

"你居然钓了这么多,看来是我们不会钓鱼啊。"二子讪讪地说,他有点后悔没跟丁华明留在最开始的水边钓鱼。

"不是你们不会钓鱼,你们得好好想想我们学的化学。"丁华明有点卖关子地说。

"华明,化学跟钓鱼有什么关系,我咋听不懂呢?"二子丈二和尚摸不着头脑,不解地问。

"关系可大了。"丁华明不紧不慢地说。

丁华明说着,麻利地从筐里拿出瓶子,走到冒泡的沟边,用木棍搅动水,很快就收集到一瓶气体,他塞住盖子,与大伙一块儿回到屋里,点燃火柴,气体竟燃烧起来了。

"你们刚才看到的气泡,不是鱼呼吸产生的气泡,而是沼气,它的主要成分是我们化学课上学习过的甲烷。甲烷是一种无色无味的气体,很难溶于水,易燃烧,火焰呈蓝色。"丁华明娓娓道来。

"那刚才我们过去钓鱼,你为什么不拦住我们?"二子不好意思地说。

"我是想让你们长个记性:以后无论干什么,都要想想与我们的日常有什么联系。学习课本知识时,也联想所学的知识与我们的生活有什么关系。只要习惯了,学习与我们生活的联系就紧密起来了。"丁华明笑说着。

"知道了,大班长,难怪你什么都知道,原来你早就有学习的钥匙了。"大家也都跟着笑了。

最后,丁华明把自己钓的鱼平均分成五份,和大家一起有说有笑地回家去了。

丁华明从小就这样,他坚持在学习中实践,在实践中学习,只要是认准的事,他一定要干出一番名堂来不可。

身体是一切的本钱

丁华明从小就知道一个道理:身体是一切的本钱,人必须有强健的身体,只有身体好了,才有资本去做自己想做的事情,才能照顾好自己的亲人,所以他一定要响应号召,锻炼好身体。

丁华明非常喜欢上体育课,但在那时候,农村的体育课是很难开展的,即使开课,也只不过是老师带着学生跑两圈,然后玩个游戏就结束了。丁华明自从知道体育的重要性后,就坚持体育锻炼,把身体锻炼得棒棒的,在整个中学阶段,他几乎从没有生过病,身体素质非常好。

广播体操是一种徒手操,做起来既简单方便,又不用花什么钱,想在哪儿做操都行。丁华明虽然对广播操甚是喜爱,但他觉得总不能只做广播操吧?丁华明不知道从哪儿找来一本旧书,叫作《八段锦》,书中有口诀有图片。据说,八段锦是一种中国传统的保健操。《八段锦》里面的动作简单易学,最重要的是练了它,强身健体的功效显著。

丁华明就向小伙伴们介绍了这本书,同伴二子坚持说:"这不就是上古失传的武功秘籍吗?咱们大伙儿一定要加油练习,说不定我们当中就有人能练成那飞檐走壁、挥剑如虹的绝世武功了。"于是,在田间地头,甚至在沟渠水塘边,只要有时间,大伙儿就一边练八段锦,一边齐声喊着口令:

左脚开步,与肩同宽。屈膝下蹲,掌抱腹前。

中正安舒,呼吸自然。心神宁静,意守丹田。

每做完一套,丁华明都仿佛能听到远古的圣人在召唤自己,然后他的心里就热乎起来,觉得哪儿都通畅,浑身既舒服,又充满了力量。

长跑是丁华明中学时期重点练习的体育项目。丁华明少年时期,直至青、壮年时期都一直坚持长跑。

引体向上是丁华明中学时期练习的另一个体育项目。引体向上所需要的场地和器材也不复杂,只需要满足人体的竖直垂吊即可,因此,丁华明就时不时地练习练习引体向上。

倒立是丁华明中学时期练习的又一个体育项目。课间活动时或者放学后,班里的同学往往三五成群,借助一面墙壁或者一棵老树,集体练习倒立。"一二三",口号一响,同学们就双手撑地,头朝下,脚朝上,比赛看谁倒立的时间长,谁坚持的时间久,谁就是优胜者。丁华明把倒立作为体育项目,通过倒立的练习,在一定程度上提高了他的反应力。

与群众一起劳动

在初中的三年时间里,丁华明经过不断实践,已经成为既能握笔头,又能扶犁把,既会搞宣传,又会种麦、种豆、栽红芋的多面手。

为了学会犁地,做一个合格的把式,丁华明平时经常挨骂挨打,但他始终坚持下来了。他知道,要想把地犁好,耙是非常重要的,把牛套在耙上,人站在耙上,用缰绳指挥领墒牛拉耙耙地,才能真正做到深耕细耙,让庄稼地保证较好的墒情。

自从上中学后,丁华明坚持每年耱一下麦苗,这是他从父辈那里学到的,这样做不仅可以保证地里的小麦能稳产增产,而且耱后麦畦平,没有土块,等丰收时节更有利于收割小麦。

种麦、收麦虽然累,但也特别能锻炼人。他不但从一次次的实践中掌握了丰富的犁地、耕麦、扬场、堆垛等知识,成为一位名副其实的好农民,而且他还通过劳动,磨炼出了一不怕苦、二不怕累的精神品质,这种品质对他以后的成长至关重要。

红芋的田间管理最简单,只用除草和翻红秧即可,但六月骄阳似火、口渴难耐的滋味,丁华明每年都要经历一次。虽然很苦很累,但他总是默默承受,从不喊叫辛苦。

八月中下旬,就到了起红芋的时节,每到那个时候,村里遍地都是红芋,每个人都有忙不完的活。一般红芋分好后,就在地里切红芋片,把切好的红芋片摊开晒干。农民们这时最怕的就是下雨,一旦阴天下雨,就得连夜拾红芋。丁华明干活向来利索,每逢红芋分下来,他都切得很快。自己的切完了,他就帮助有困难的人切。

丁华明从小就树立了远大的理想,那就是考到医科大学去读书,学习更多的医学知识,解开自己童年时代的疑问,解除人们的病痛,真正做到全心全意为人民服务。

为了实现自己的理想,从小学到初中,再到后来上农业中学,丁华明这些年在学习上一直刻苦努力,始终坚持"不怕腿跑断,不怕嘴熬烂,确保学习第一线"。这是因为,丁华明清楚地知道,那些成功人士之所以能达到并保持着一定的高度,并不是一蹴而就的,而是他们付出了比别人更多的努力,他们无时无刻不在别人无所事事时,一步一个脚印扎扎实实地向上攀登着。

举个例子,很多同学不知道丁华明的作文为什么写得那么好,总觉得他大概是有天分。可事实却是,丁华明在日常生活中比别人更善于观察自然,比如他在薅草拾柴火的时候会认真观察琢磨:太阳是怎样升起的,又是怎样落下的;天气晴是怎么样的,天气阴是怎么样的,半阴半晴是怎么样的,下雨时又是怎么样的。

而在怎么样学好数、理、化这个问题上,丁华明更是有自己的方式方法。他准备了个小本子,以便可以随时向老师和同学讨教,并且巧妙地记下来,等到晚上他将所有问题及答案分门别类整理出来,就这样经过年复一年的日积月累,丁华明的数、理、化成绩慢慢就赶上来了。

丁华明的学习成绩是很不错的,按理说要考上大学是没有什么问题的。可世事难料,就在他信心满满地等着考大学时,国家政策突然变了,高考突然停招了。

这对丁华明来说,莫过于晴天霹雳一般,现在的他,不得不陷入深思,以后他将做什么呢?思考良久,丁华明觉得他必须选一条新的路试试,走一条能使父母和弟弟妹妹不挨饿的新路!

"路漫漫其修远兮,吾将上下而求索。"

丁华明在默默寻找着新出路……

第三章
而今迈步从头越
ERJIN MAIBU CONGTOUYUE

在祖宗那里讨出路

丁华明农中毕业后,因为国家高考停招,他考大学的这条路就此中断了,报效祖国的希望也没有了。这时,摆在丁华明面前的似乎仅有一条路,那就是回家当农民,像祖辈父辈那样扎根在土地上耕耘。

丁华明在家种地期间,碰到农闲时,很多农民都是吃了睡、睡了吃,一天没事可干。可丁华明却受不了这样无所事事的生活,他要么沉浸式思考问题,在床上一坐就是一天,要么通宵达旦、废寝忘食地读书,没过多久,他就把家里、村里的书全都看完了。

家里和村里的所有书都看完了,丁华明便开始四处寻找各种医学著作。丁华明有个好习惯,只要他认为有用的东西,无论想什么办法,他都要将其保存下来。

丁华明首先找到的是《黄帝内经》。《黄帝内经》是第一部冠以中华民族先祖"黄帝"之名的传世巨著,也是中华传统医药学现存最早的理论经典。面对这样一部巨著,丁华明兴奋得无以言表。

丁华明如饥似渴地读起医书来,在读书过程中,他也不断提醒自己要慢慢来,莫心急,他还有意识地向自己的老师和乡里的老中医学习。同时,他又继续研读第二本医书《汤头歌》。《汤头歌》是清代汪昂编撰的古代医学药方著作,书中选录中医常用方剂三百多方,以七言歌诀的形式加以归纳和概括,并于每方后附有简要注释,非常便于初学者习诵,是一部流传较为广泛的方剂学著作。

丁华明读了《汤头歌》之后,明白了这就是我们平时所讲的药方,如果我们知道自己得的是什么病,按照药方抓药就行了。可问题的关键是我们还不知道该用什么药,这就得读读《本草纲目》了。

丁华明读了《本草纲目》之后,心里的确亮堂了许多。《本草纲目》提供药,《汤头歌》提供方剂治病,《黄帝内经》说明治什么病。如何治病的路,老祖宗给铺好了,关键是丁华明今后该怎么走。

丁华明毕竟是丁华明,他不像别人学医那样,拜一位老师死学,而是一方面到老中医那里讨教中医学基础知识,另一方面在夜里研读《黄帝内经》。通过一段时间的努力学习,丁华明终于理出了学习中医理论的初步头绪。

向家族长辈学习

丁华明把关于学习中医的头绪理出来后,他下一步还要努力学习,把祖宗的智慧转化为活的灵魂,通过社会实践,把那些有经验的、零碎的医学知识逐步积累起来,一步一步地变为他的经验服务社会。此外,他还要向民间高手进军,伺机拜师学艺,这样才能学到真才实学。

但问题来了,该从哪里入手呢?

丁华明经过认真思考之后,他认为应当先从自己的家族入手。那时,丁氏家族中会中医的有两位:丁华明的爷爷丁明简和丁华明的叔叔丁应平。

一个雨天,丁华明拎着两斤红糖去看望爷爷。一看到丁华明来了,爷爷非常高兴,赶紧招呼他进屋:"华明来了,快进来让爷爷好好看看。"

"今天下雨,我也没啥活要干,就过来看看爷爷奶奶。"丁华明说着,把红糖恭恭敬敬地奉上。

"你看你这孩子,跟爷爷客气啥。"

"爷爷,这是我的一点小心意,您可一定得收下。"

"乖乖,你可是我们丁家第一个高中毕业生,真了不起啊!对了,你今天来找爷爷是有啥事吗?"

"爷爷是我们这里的名医,我想来听听您的教诲,长长见识。"

"爷爷虽然八十多岁了,但是算不上啥名医,顶多只能算个土医生。爷爷只是给人看个小病,好在不收钱,如果非要叫医生,那就叫穷人的医生吧。不过富人有病,我也给瞧,一样不要钱。但他们若想给钱,我便要,给东西也要,因为爷爷也要吃饭,是吧?"爷爷乐呵呵地说。

"是的。"丁华明点头。

"华明,你想听爷爷说什么呢?是治病的理论,还是病人的经历,还是土方什么的?"爷爷问道。

"爷爷,您先给我讲讲理论吧。"丁华明想了想说。

"说句心里话,华明,要讲理论,爷爷可真讲不好。但我二十多岁时就开始给人看病了,到现在已经看了六十多年了,久病还能成良医呢,更何况我是一个会思考的医生呢。"爷爷看着丁华明说。

"那是,爷爷经验丰富。"丁华明一直很崇拜爷爷。

"我只讲我的感受和经验,觉得对的你记着,不对的就不用记了。"爷爷看着丁华明从包里拿出本子要记,就叮嘱道。

"爷爷,您说,我洗耳恭听。"

"可以这样说,中国的医学领域浩如烟海,深不可测。一旦跳进去,穷其一生,探不到底,量不到边。这就是为什么我一生只看简单的病。华明,这就是我对医学的感悟。"

"爷爷讲得高深莫测。"丁华明有点激动。

"关于病人的问题,五年前我走亲戚,亲戚家有一个邻居,十天前为躲一个骑马的,扁担碰到烈马身子就摔倒了,当时就站不起来了。听说我来亲戚家了,便请我去看。听他的家人描述后,我判断这人是椎骨脱位,即是脱臼,我伸手一摸,果然如此。我让他家人把他扶起来,一人扶着一边,我用手一扭,他一会儿就站着起来了,我又找点桑叶、蒲公英,熬了些药给他喝,他下午就能走路,三天后就可以下地干活了。如果不是碰到我,他可能就要瘫痪了。脱臼是小病,如果治得及时,什么事都没有,但要是耽误久了,或没找到病症,那后果就不堪设想啊!华明,我虽然看的是小病,但我小病都当大病看,尽量做到手到病除,减少病人的麻烦。"

"爷爷,您真了不起!"丁华明内心的敬佩之情油然而生。

"这没有什么,我也只是尽心尽力罢了。凡是当医生的,都必须有菩萨心肠,但凡有一点歪心都不是好医生。我一直认为,作为一个医生,还要始终坚持学习、实践、积累,用这些经验、知识治病救人,直到生命的最后一刻。"

"爷爷,您是我的一面旗帜,我以后无论走到哪里,都不会忘记您今天说的这些话!"

"我八十多岁了,土都埋到脖子了,我也只能给你讲讲这些,至于细节问题,让你应平叔给你再讲讲,你觉得好不好?刚好他这两天从部队回来探亲了。"

"好,谢谢爷爷。"

"一家人,客气啥。这样吧,华明,你中午不要走了,陪爷爷喝两杯。二子,让你娘做饭,去叫你叔,就说华明来了,我叫他来说说话。"

"好哩!"二子转身就去了。

"让您破费了,爷爷。"华明说。

"一家人不说两家话,华明,下一步你打算干什么?"

"我还没有想好,爷爷,咱农民的路窄啊!"

"你也不能这么说,哎,应平来了。"

"应平叔来了。"丁华明赶忙站起来打招呼。

"华明坐,师父你找我有事?"丁应平一边找凳子坐下一边说。

"你把脱臼这档子事给华明说说,待会儿我们爷儿几个再喝几杯,华明高中毕业后还是第一次来。"

"师父,您在这儿坐着,我哪敢班门弄斧!"

"你谦虚啥!我叫你说你就只管说,快说吧,仔细给华明讲讲。"

"那我就在师父跟前献丑了。"

丁应平不多时就讲完了,丁明简微笑着望向丁华明问:"华明,你看怎么样?"

"俺叔讲得真好,爷爷。"丁华明认真地说。

"是好,特别是说明部分,起到了画龙点睛的作用。刚才,我给华明讲时也讲到了这一点,这是脱臼中的灵魂部分。"

"谢谢师父夸奖,谢谢侄儿称赞。"丁应平谦虚地说。

"好,不说了,我们吃饭去。华明你要是还有什么问题,一会儿再去问你叔。"

"好,下次我再来向爷爷和叔叔请教。"丁华明恭敬地说。

丁华明望着爷爷,默默地想:爷爷的教导,我要永远铭记在心。

叔叔给他送来了光明

听了丁明简的一番话,丁华明感到中医博大精深。他知道,要想做个好医生,就必须胸有成竹,手到病除,绝不能久治不决。从目前看,丁华明已经初步掌握了"望闻问切"的诊断方法。

可以说,对于诊断疾病的这四种基本方法,丁华明已经非常熟练,但怎么样确定病症,用什么药才是关键。比如,对患者来说,医生通过"望闻问切",了解患者本身的病情,辨证论治后进行相关的治疗,从而确定用什么方剂进行治疗。

丁华明深知,除了正确使用"望闻问切"的诊断方法,还得辨证论治切中肯綮,确定方剂无误。

只有把握好这三点,才能看对病,治好病。

但怎样才能把握准这三点呢?这是摆在丁华明面前的难题。丁华明想啊想,忽然想到叔叔丁应平。爷爷活着的时候,经常夸奖他,让华明多多向他学习。

丁应平小时候家里很穷,根本上不起学。丁华明的爷爷做生意,手头稍稍宽裕些,就资助他读到了高中毕业。后来,丁华明的爷爷又动员丁应平参加刘邓的军队。丁应平入伍后,冲锋在前,不久就立了功,现在是某部队的首长。丁华明知道丁应平所在的部队有医院,他就想请求叔叔让他到部队医院学习医学。

丁华明想好后,就立马给丁应平写了封信,第二天逢集,丁华明赶集时把信寄走了。

二十天后,叔叔的回信终于到了,丁华明迫不及待地撕开信封,认真看起信来:

华明我侄:

你的来信已收到。你父母近来身体都还好吧?你的弟弟妹妹学习上都有进步吧?

你来信谈到学医的事情,说明你长大了。我们丁家有中医的传统,你如果继承了并发扬光大,再来我这儿学几年,将来无论是留在这儿,还是回去,你都会是个好医生。

不过,你如果真要学医,应该先和你父母商议好,来医学院学几年,再到医院实习一段时间,这样可以做到学习和实践相结合。同时,你也可以当兵报效祖国。望侄儿三思。

我在此寄上五十元供你买车票等开销。如果你决定来,抓紧时间给我发个电报,告诉我来的时间、车次,我到时好去车站接你。

叔叔:丁应平

1968 年 3 月 1 日

丁华明连读三遍信后,心里的喜悦简直无法用语言形容。当天晚上,丁华明在吃饭的时候,对父母说:"我想到俺应平叔那儿去。"

"好好的你到他那儿去干啥?"

"我想去学医。"

"你要是去了,家里少了一个劳动力,一年的工分怎么办?"

"不用担心,等农忙时候,我就会回来给家里帮忙干活。"

"让华明去吧,学个手艺好,趁年轻,让他出去多跑跑,多长长见识吧。"华明母亲说。

华明父亲又问:"那路费得不少吧?家里也要用钱,我上哪里弄钱啊?"

"钱的事不用愁,俺叔给寄过来路费了,"华明说,"叔叔说我去了也可以当兵。"

"当兵好啊!"华明母亲嘴张得很大,说,"当了兵以后媳妇就好找了。他大,让华明去吧!工分的事,也没啥要紧的,我们多干些就有了。"

"也行。"华明父亲接过信,看完点点头,又庄重地说,"把华明的衣服收拾好。华明你也是大人了,去了那边要懂事些,要听你叔叔的话。"

丁华明看看父母,说:"好,我记住了。"他回到自己床边抓紧时间整理东西,该带的整理好,不带的也都一一放好,留给小妹和小弟用。

第二天,丁华明去取了钱,又给叔叔发了个电报,第三天他就踏上了去往重庆的道路。

丁华明从阜阳乘坐汽车到商丘,从商丘乘坐火车到重庆北站,刚到出站口,丁华明一眼就认出了他的叔叔。叔叔长得有点像他父亲,只是看起来比他的父亲更加魁梧一些。丁华明从人群中挤出,三步并作两步跨到叔叔的面前,声音洪亮地说:"叔,您好,我是华明。"

丁应平看看面前的小伙子,一双清澈明亮的眼睛闪闪发光,有一种无论干什么都必须干成的精气神。丁应平豪爽地说:"乖乖,像我们丁家的种。华明,这一路辛苦了吧?"

丁应平说罢,用手拍了下丁华明的右肩膀,一边接过侄子的行李,一边问:"你大没有来送你吗?"

丁华明感到右肩猛地疼了一下,回答说:"家里要栽红薯了,忙得很,我大顾不上来,我自己一个人出门没问题的。"

"怎么,叔把你拍疼了?那你可有点单薄,以后要多加锻炼!你在家锻炼不锻炼?"

"叔,我上学那会儿经常锻炼,毕业后,锻炼得就少了。"

"下午与办公室人员一块儿换好衣服,明天和士兵一块儿出操训练。"

丁华明兴奋极了,他忽然感到叔叔的话充满了力量,他不由得进入军训状态,声音洪亮地回答:"是!"

第三章 而今迈步从头越

"好样的,华明!"

对于叔叔的夸赞,丁华明有点不好意思,他谦虚地说:"以后还请叔多指教,如果我哪里做错了,叔您该打就打,该骂就骂。"

"华明真会说话,好!对了,你在校学习怎么样?当过班干部没?"

"这我就不谦虚了,叔,我从小学到农中毕业,学习成绩一直名列前茅。初中、农中那会儿一直担任班长和学生会主席。"

"很好,那你的理想是什么?"

丁华明想,看来叔叔是要对我进行全面的考察了解,帮我选择学什么、怎么学来了。我要把自己的实际情况全部告诉叔叔,好让他综合考虑。

"叔,我本来想考医科大学学习中医,把我们家的传统医学发扬光大,谁承想大学停招了,没有办法,我只能先回家当农民种地。但是这些年我看到左邻右舍有病却没有钱看,有的年纪轻轻就死了或者瘫痪了,这又激发了我学医的决心。我坚持自学,读了《黄帝内经》《汤头歌》《本草纲目》,又经常向爷爷和咱那一片的老中医请教,但目前对辨病论治还有许多问题。在我走投无路的情况下,我想到了叔叔您。"丁华明讲完了,眼泪汪汪地望着叔叔。

丁应平往前走一步到侄子面前,把手轻轻地放在华明的右肩上,温柔地说:"你找我就对了,你当兵的名额已经有了,你换上衣服去报到就行了。至于学医嘛,这里有医学院,有医院,你看到哪里学合适些?"

"我全听叔的安排。"

"我想家里的传统不能丢,你目前已经有理论了,不如跟你大姐丁华芬一块儿读骨科医院,你看行不行?"

"行,叔。"

"走,跟我回家去见你婶子和姐妹,咱们一家人一块儿吃个饭。"

"好。"丁华明跟着叔叔向部队大院走去。

学习是我的使命

"华明,走,我把你和你姐送到骨科医院学习去。"华明正在收拾东西,他叔丁应平带着女儿丁华芬来了。

丁华明急忙跑了出来,给他叔叔行了军礼,说:"叔,您请到屋里坐。"

"果然人靠衣裳马靠鞍啊,华明,你穿上这身军装可是更精神了!"丁应平进了屋子,只见华明一身军装,武装带扎得板正。丁应平看了一眼,转过身说:"很好,你已经入伍了,你的思想、行为以及一切,也都要入伍,你要真正做一个国家的好战士。"

"是!"丁华明跟着叔叔丁应平到了部队的骨科医院,见到了一位杨教授。杨教授是本院最好的骨科医生,丁华明暗自立誓,一定要跟着杨教授用心学习。

丁华明没有像其他学生那样,只满足于老师教什么就学什么。课余时间,丁华明也没歇着,老师没有教的他也要用心学,并且他还要把老师教的西医知识,在中医知识中找到对应之处,真正做到中西医结合,要坚持用实践证明,如何能减少伤病者的苦痛。

在骨科医院,丁华明总是来得最早,他先把昨天学的复习好,与中医理论做对照,再把今天要学的内容预习一下。

丁华明发现,光有理论知识还远远不够,许多伤病需要做手术才能治愈,因而,要想做一名合格的主刀医生,还需要进一步学习人体结构的细微之处,必须通过手术解剖才能学到精髓。

解剖，解剖出自己的真爱

　　解剖不是小孩子过家家，而是真正的持刀解剖人体，掌握这项技能光靠简单的生理卫生知识是不行的，还要具备丰富的解剖知识。

　　从此，丁华明认真地听课。一切课余时间，他不是在图书馆钻研解剖学，就是在解剖教室观摩别人解剖，一刻也不肯松懈。

　　丁华明心里明白，自己要想成为一名真正能治病救人的医生，就必须认真了解人体结构。通过解剖动物来学习也可以，但动物与人体组织结构相差甚远。

　　丁华明记得很小的时候，家里养了几只下蛋的母鸡，产下的鸡蛋除了有特殊情况时给家人吃几个，其余的都被母亲拿到集市上去卖了，母亲又用卖到的钱给家里买油、盐等生活必需品。

　　一次，家里的母鸡偷吃了邻家下了老鼠药的麦粒，几只鸡眼看着就要咽气，母亲急得大哭起来。年幼的丁华明灵机一动，想着死马当活马医吧，他立即找来菜刀，麻利地切开母鸡脖子下方的嗉囊，用清水一遍一遍地把嗉囊洗干净，再用针线将之缝合好。母鸡经过一夜的挣扎，终于都活过来了,一周后,母鸡变得和往常一样。母亲很开心,直夸小华明真聪明,比别人家的大孩子还有用。

在农村,活人不可怕,可怕的是死人。想去解剖死人,那是一般人无法想象的。

丁华明明白,医生为了医学,为了发现人体的更多病因,是可以解剖人的尸体的,要相信科学。下课后,丁华明钻进图书馆继续学习,继续解决他心中的疑惑。

丁华明如饥似渴地看书,他想从书中前人的记载中了解人体的结构。通过理论知识的学习,丁华明对人体的构造有了更深的了解。在老师的鼓励和指导下,他开始拿起手术刀。刚开始做手术时,他的手总是在不停地颤抖,几乎不听使唤。过了些时日,他拿手术刀的手才渐渐稳了下来。丁华明把手术的重心和根本目的完全放在切除病灶、治病救人上了,于是心里就觉得坦然了。

第四章

切身须要急思量

QIESHEN XUYAO JISILIANG

人体神经的重要性

住在村东头的大婶子青年丧夫,带着三个儿子过日子,大婶子后来想嫁人,但无法将三个娃一块儿带走。别的男人能接受她一个寡妇,愿意和她组成家庭再生个娃,那样日子还可以过下去。但如果她想将三个儿子都带上,那就没有人能接受她,就连那又穷又丑的老光棍也嫌养三个儿子负担太重,不愿意跟她结婚。大婶子想来想去,决定还是不改嫁了,依靠夫家先把三个儿子养活大再说。

一日,小儿子突然生病发高烧,家里没有一分钱,没法带小儿子去看病,大婶子只能不断地用毛巾敷着儿子的额头,折腾半天却不起作用,小儿子还是高烧不退。她搂着小儿子,看着因为营养不良而瘦弱不堪的另外两个儿子,突然精神错乱,竟然用死去丈夫的语气说起了话。

大婶的这番表现可把婆家人吓坏了,最后,公婆出钱给小孙子看病,并保证今后一定会帮着她把三个孩子养大。

大婶犯病的时候,年幼的丁华明就在现场。长大后,丁华明对大婶这种诡异的举动进行了认真分析和研究,发现人体的有些行为表现,确实是与神经有关系的。

丁华明意识到神经系统是人体的总中枢。作为一个有学医志向的年轻人,丁华明想在人体神经学方面有所建树。

那么,他应该从什么地方入手呢?

丁华明认真思考后认为,在目前的情况下,只有双管齐下。在理论上百尺竿头,更进一步,最大限度地占据理论高点;在实践上,他以解剖学为基础,以自己的身体做实验,用农村的土方法,一个接一个地试,通过实践得出真知。

皮肤上有神经吗?皮肤的神经是指分布在皮肤中的感觉神经和运动神经。感觉神经纤维使皮肤能感受到触觉、温觉、冷觉、痛觉、痒觉和压觉。运动神经纤维主要分布于皮肤附属器周围,用来支配肌肉的活动。

了解了这些,丁华明感受到了人体的奇妙,连那么薄的皮肤,都有那么丰富的神经。通过对皮肤神经的一步步探索,丁华明对其他器官和组织的探索更加充满了信心。

神经与肌肉有关系吗?丁华明了解到,神经是控制肌肉的,神经终板膜附着在身体肌肉上,不仅可以调节肌肉的运动收缩,还可以给肌肉供给充足的营养。如果神经肌肉接头出现了问题,那么首先会影响肌肉的协调功能,还会出现失用性肌肉萎缩,所以神经是不能受到损伤的。

至于神经与血管的关系,丁华明也同样进行了一番研究。神经与血管从功能、结构和类型上是完全不同的,但神经与血管都遍布人体全身,同时血管又受神经支配。

丁华明越想越明白,越干越有劲,他常常通宵达旦,夜以继日地研究学习。

从皮到骨,甚至穴位,都与神经有着千丝万缕的联系。丁华明推测,神经与人的身体还可能有着更为重要的联系,这些都有待自己去发掘,去深入地研究……

"在科学上没有平坦的大道,只有不畏劳苦沿着陡峭山路攀登的人,才有希望达到光辉的顶点。"作为农村孩子,丁华明自然是最不怕吃苦的,无论春夏秋冬,他每天都坚持早晨五点起床。有一次,丁华明深夜练习解剖,他只顾研究,完全忘记了时间,第二天当别的医生来实验室时,被他吓了一大跳。

研究完神经与皮肤、肌肉后,丁华明推测人体肯定有个指挥系统,那它是怎么指挥全身神经的呢?丁华明又沉浸在他的新研究中了。

中枢神经系统由脑和脊髓组成,是人体神经系统最主要的部分。中枢神经系统接收全身各处的传入信息,经它整合加工后成为协调的运动性传出,或者储存在中枢神经系统内,成为学习、记忆的神经基础。人类的思维活动也是中枢神经系统的功能。

研究完中枢神经,丁华明感到豁然开朗,他想,如果全身的神经是个大系统,那么脑神经就是总指挥,脊神经是帅,上、下肢神经是将,只有它们各司其职,各负其责,才能拧成一股绳,形成合力。

学无止境,在学习医学的道路上,丁华明从不灰心,他知道自己落后了,就一步一个脚印,扎扎实实地去学习,这样就能慢慢地赶上别人。

爱,不能过头

近几个月来,丁华明发现叔叔、婶婶及小妹对自己越来越好了,而大姐却对自己越来越冷淡,这是为什么呢?丁华明百思不得其解,但也无从查问缘由。

父亲和叔叔虽不是亲生兄弟,却胜似亲兄弟。叔叔小的时候家里穷,家里人经常连肚子都填不饱,更别说有钱供他上学了。可爷爷见他聪明好学,是块读书上学的好料子,便让他在自己家吃住。不仅如此,爷爷还出钱让他与父亲一块儿上学。可以说,从小学到高中那十二年间,叔叔已经把爷爷家当成了自己家,把父亲当成他的亲哥,把爷爷当成他的亲父亲。

1947年,解放军打到阜阳南下,当时有干部住在爷爷家,爷爷觉得当兵是个好出路,本想找叔叔的父母商量商量,让叔叔当兵去,可因行军紧急,刻不容缓,爷爷就只能让叔叔抓紧时间去当兵,随军南下。送走叔叔后,爷爷便割了几斤肉,买了两斤原封酒,来到叔叔的父母家。爷爷这么做,一是为了恭喜叔叔当兵打仗,有机会为国出力;二是去向自己的兄弟道歉,因为时间紧、叔叔走得急,当时根本来不及跟叔叔的父母说。至于爷爷的两个儿子怎么没有去,那是因为老大人家看不上,老二人家嫌年龄小。

叔叔的父亲听爷爷说完这事后,对爷爷千恩万谢,哪里还会生什么气。那时正是青黄不接的时候,叔叔的父亲正愁着叔叔马上高中毕业了,在别人家吃住了十二年,应该接回来了,而接回来又没有饱饭吃,怎么办?爷爷让叔叔去当兵,可真为他家解决了一件大事。

三十年后的一天,爷爷刚吃完饭,一个五大三粗、穿着一身制服的汉子走进爷爷家,看见爷爷后立即双膝跪下,双手握住爷爷的手说:"老叔,您的平儿回来了!"

……

丁华明知道,如今,叔叔对自己好,也是对自己爷爷的报答,婶婶、小妹对自己好,那是看叔叔的面子,可大姐为什么对自己很冷漠呢?丁华明怎么想也想不明白。他只提醒自己:看在叔叔的分上,大姐对我再不好,我都要对她好,因为她是我姐姐,是我叔叔的长女。

丁华明经常来图书馆学习,平时大家对他都客客气气的,可最近不知道为什么,丁华明总感觉与他们隔着什么。这不,丁华明今天去借书,忽然被人绊了一下,丁华明正要说话,一个操着成都口音的小伙子却先怒气冲冲地开口了:"怎么,你想找事吗?你眼睛是瞎了吗?"

"你为什么这么说我?"丁华明只觉得莫名其妙。

"你什么你,你不就是那个丁华明吗?想在这里撒野,没门儿!"小伙子言语里满是挑衅。

"我,我哪里撒野了?"丁华明又气又急。

"我什么我,你哑巴了吗?"小伙子不依不饶道。

"打这个野种,看他还嚣张不!"几个喽啰跟着叫喊着。

由于受委屈、受侮辱而愤怒到了极点,丁华明满脸通红,两只眼睛瞪得溜圆,眼珠子像能蹦出来似的,他双拳紧握,筋骨咯咯直响。丁华明两眼死死地盯着找事的小伙子,他又想起自己从小接受的教导:"人不犯我,我不犯人;人若犯我,我必犯人。"

经过多年苦练,丁华明的擒拿可谓招招制敌,眼看一场战斗就要爆发。

这时,一个身穿军装的女孩子一步三晃地走过来,往丁华明和那小伙子中间一站,双手朝腰上一叉,质问道:"你们这些男孩,都在同一个大院里住着,你们想干啥呀?谁要想打架,我奉陪到底。"

她先看了一眼挑事的小伙子,又看了看丁华明。

那女孩胖乎乎的,丁华明与她对视一眼,从她看小伙子的目光中,丁华明感到,这场戏就是他们一起演的,他一定要警惕!

"怎么样,毛弟?"胖丫头问小伙。

小伙子立马换了副嘴脸,低声下气地说:"胖姐的面子,谁敢不给?要不然你叫他给我们道个歉,今天这件事就算完了。"

丁华明听后,心想:今天受的委屈太多了,我坚决不低头!

胖丫头看了丁华明一眼,说:"算了,谁不知道毛弟是个大气的人,你就别跟这小子置气了。"

"那……"

"好了,你快走吧。"

一声口哨响起,五六个喽啰跟着小伙子走了。

丁华明见小伙子走了,心里的屈辱上下翻滚,却找不到发泄口。

这时,只见胖丫头左手很随意地抓着丁华明的右手,随口说:"看书去吧,文人,没……"

说时迟那时快,丁华明反手抓住了胖丫头的手。胖丫头手一疼,身子一颤,几乎要摔倒在地。丁华明左手一扬,扶着胖丫头,又迅速放开右手,谦虚地说:"谢谢胖姐给我解围。"

丁华明这才晓得,这胖丫头还有两下子。

而胖丫头却倒吸了一口凉气,她本来想给丁华明难堪,却没有想到反被他制住了,让自己知难而退,又以迅雷不及掩耳之势把面子全部推给自己,这样的男人,真是既可敬,又可怕!

胖丫头立即意识到自己的处境,笑着说:"跟胖姐别客气,你快看书去吧。"

说罢,胖丫头一摇一晃地朝自己的座位走去。

丁华明借了书,找个偏僻的地方坐下来,想使自己沉下心来认真读书,可怎么也读不下去,刚才发生的事情,一幕幕展现在眼前:大姐平时对自己很好,为什么最近那么冷漠?小伙子和胖丫头为什么想治我?我们素不相识,没怨没仇,他们今天为什么非要跟我过不去?为什么?为什么?为什么?丁华明实在想不明白呀!

"丁华明,丁华明……"图书管理员突然跑到丁华明身边,推了他一下说:"我们要熄灯了。"

丁华明猛地一惊,他抬头环视一周,这里除了图书管理员和自己外,已经没有别人了。他不好意思地站起身来,连忙说:"我给你们添麻烦,耽误你们下班了,真是对不起。"

"没关系。"管理员给他做了个让他先走的手势。

丁华明去还书,另一个图书管理员说:"这书你带回去看吧,明天再还也可以,我猜你今晚肯定没有看进去书。你千万别跟他们一般见识,时间长了,你就知道了,他们这伙人不是经常到图书馆来的。"

一股暖流流遍了丁华明的全身,他后退一步,庄重地给管理员行了个军礼,然后转身向寝室走去。刚走到门口,丁华明就见叔叔在自己的寝室门口踱步,他连忙走上去,跟叔叔打招呼:"叔叔,你等我很久了吧?我刚去图书馆学习了……"

"华明回来了,你天天学到这么晚才回来吗?"叔叔关切地问。

"不是,只是偶尔。"丁华明装着一副若无其事的样子说道。

"你有没有兴趣陪我转转去?咱爷儿俩好好聊聊天。"叔叔笑着说,看来他今天兴致很高。

丁华明心里却咯噔了一下,如果下午的事情再发生……不,不,绝对不能让他们在叔叔面前出现,也不能让叔叔看出来什么。

丁华明脑子一转,随即说:"叔叔,我看咱们就在我屋里坐会儿吧,在这儿说话也方便得很。"

"也好，还是华明考虑问题周到。"

"叔叔过奖了。"丁华明清楚，叔叔的眼光相当老到。

不知道什么事情让叔叔这么高兴，刚才华明的破绽叔叔应该没有看出来。丁华明让叔叔坐下，自己忙着烧水，找茶叶、茶杯，准备给叔叔泡茶。

丁华明刚刚提起水壶，却听叔叔问："华明，你先停下别忙活，过来让我看看。你看起来怎么这么疲惫不堪，最近是碰上什么事情了吗？"

"我没事的，叔叔。我只是最近有个学习上的问题老是解决不掉，就老不由自主地想着。"丁华明想着，没有调查清楚的问题坚决不能让叔叔知道。

"你碰到什么问题了？"

"是神经学方面的。"

"那这还是个新问题呢。"叔叔挪了一下身子，和华明靠近些坐着。

"是的，神经学进入我国才几十年。"

"华明，你来这里有几年了？"

"叔叔，我来了有四年了。"

"在这里生活都习惯吗？"

"叔叔，我已经很习惯了。"

"那你觉得是在这里生活好一些，还是在家里生活好一些？"

"当然是这里好了。"

"叔叔有个想法，怕你……"叔叔两眼笑眯眯地看着丁华明。

"叔叔，您说吧。"丁华明拿不准叔叔兜了半天圈子，到底想跟自己说些什么。

"好，那叔叔就说了。叔叔想把你过继给叔叔当儿子，这样你以后就不回老家了。"叔叔说完，像完成了一项大任务，大大地松了一口气。

"我……我的一切问题是都解决了，只是照顾我的父母和弟妹是我的责任，等我回家跟父母协商后再给您答复，好不好，叔叔？"

"好，我一会儿回去写封信，到时你回去带着，给你父亲看看。"

"好。"

"对了,华明,明天是中秋节,你婶子让我告诉你,明天一定要到家里吃顿团圆饭,我们一家子好好热闹热闹。"

"好,叔叔,我明天一定去。"

"你睡吧,华明,我回去了。"

"叔叔,我送送您。"说完,爷儿俩一起走出了寝室。

第二天,丁华明特意早早地去买了一盒月饼和一袋水果,提着到他叔叔家,刚巧在家门口碰到了大姐。他叫了声"大姐",可大姐昂首挺胸,像没有看见他似的,向远方走去。

等到快吃饭的时候,大姐才从外面回来了。"吃吧,小弟。"大姐拿了一块月饼递给丁华明,又像忽然想起什么似的说,"华明,以后我们在别人跟前可要懂礼貌啊!"

"大姐,你为什么这么说?我什么时候不懂礼貌了?"丁华明诧异地问道,他不明白大姐为什么要这么说自己。

"比如昨天下午,你绊了毛弟,你跟人家道个歉不就完了?可你非要装腔作势,要不是胖丫头,人家肯定会打死你的。我们做人要谦虚,可不要仗着父辈的面子耍威风……"

这真是颠倒黑白、栽赃陷害!丁华明一时间气不打一处来,可他又不知道该怎么辩解。

"发生什么事了?"远在一旁的叔叔听到大姐的质问,走过来问。

大姐随即又向叔叔说了昨天那件事情的经过。

这时的丁华明已经气得什么也听不见了,他只见大姐的嘴一张一合的……

堂堂正正回家

昨天下午的愤怒,像一阵大风一样,吹过丁华明平静的心间,大风过后,只给他留下一派萧瑟、惆怅、无奈、怀疑的情绪,这让丁华明忍不住想要寻答案、求证据。

然而今天,自己的大姐居然颠倒黑白,侮辱自己,丁华明对此却不能做任何解释,他心里那叫一个气啊!

丁华明浑身像筛糠似的乱抖,忽然他"嗷"的一声,一头摔倒在地上,浑身一点力气也没有了。大姐正说着,见此情景,吓得嘴张成小瓢子样。丁应平一步跨到丁华明跟前,弯下腰,大声喊:"华明、华明,你怎么了?"

丁应平看了一眼大女儿,命令似的说:"快叫救护车,快!"

救护车来了,丁应平跟家人交代完,就亲自跟着坐上救护车。他心想:我今天必须亲自去,万一华明有个三长两短,我怎么向大哥交代?我刚想让他做我的儿子,就出现这样的事情,我的命里不该有儿子吗?

"华明,你一定要挺住,千万别吓叔叔!"丁应平嘟嘟囔囔说了一路。

第四章 切身须要急思量

刚到医院大门口,丁应平就看到一个熟悉的身影,他赶忙大喊:"快,杨教授,快来看看华明这是怎么了!"

杨教授跑过来,见丁华明脸色发青,嘴吐白沫,忙问:"他这是怎么了?"

"我也不知道,你快抓紧时间给他查查!"

"别紧张,首长,我马上给他做检查。"杨教授赶忙跑回办公室,拿了听诊器和银针来到病房。他先翻开华明的眼皮,看了看瞳孔,然后开始号脉、听胸,用银针扎人中穴。只听丁华明咳嗽了一声,杨教授起了针,又看了看吊瓶,跟护士说:"等他醒了,赶紧来告诉我。"

"好的,杨教授。"护士回答道。

"怎么样,他没事吧?"丁应平焦急地问。

"到我办公室说吧。"杨教授认真检查一遍,心中有了数,不紧不慢地说。

"好,快走。"丁应平可慢不下来。

到了办公室,杨教授先洗好手,给丁应平泡好茶,让丁应平坐下,然后关上门,自己坐好喝了口茶,才缓缓说道:"丁华明现在没事了,但刚才确实很危险。这孩子性格刚烈,这病是气恼过度,气发不出来,一直闷在心里所致,他来之前肯定生气了。对不起,首长,我不该问您的家事。但为了救人我不得不如此,请您原谅,也请您配合。"

丁应平看着杨教授真诚的目光,疑惑地摇摇头说:"他并没有生气,我敢保证!"

"那可不对啊,从脉象上看,丁华明不仅生气了,而且还气得不轻,不然他不会休克的。"

"那……除非是他大姐刚才讲的话惹他生气了。"

"大丫头说了啥,给华明这孩子气成这样了?"

"大丫头讲华明绊了毛子,不道歉不说,还要跟他打架,最后是她让胖丫头从中协调才解决的。"

杨教授笑了,说:"您这个大丫头可不简单呢!她平时跟华明相处得怎么样?"

"我看他们相处得挺好的呀,怎么了?"

"这就不对了。"

"怎么了?"

"说起来,这还是首长您惹的祸。"

"我?"

"是。"

"怎么会?我平时也没说什么啊。"

"是您的保密工作没有做好。"

"什么保密工作?"

"您想过继儿子的事啊。"

"这事还要保密?"

"您想过没有?您的家产本来是您四个女儿的,将来您突然多个儿子,您大女儿比华明年长,为了维护她的利益,您猜她会怎么做?这些您考虑过没有?"

"我是想等华明答应之后,才跟女儿说的。"

"那这事就要先保密了。"

"我女儿做了什么事?"

"我掌握得不全,我只知道您大女儿知道这事后,就跟她闺密说了。然后,她们就一块儿制定了应对方案:一是找男生去打华明;二是您大女儿天天在您面前说华明的坏话,让华明再也不能进您的家门。总之一句话,她想让华明在这里待不下去,只能回自己老家去。"

"真是人小鬼大,等我一会儿回家再收拾她!"丁应平恼得直咬牙。

"哎,首长,我们不能一味打骂孩子,要讲究策略和方法。孩子们毕竟长大了,对她们要讲文明,要感化她们。特别是现在,你要装作什么都没有发生,等华明好了再慢慢地解决。"

丁应平在杨教授的办公室来回地踱步,过了好一会儿才说:"好,就按你说的办吧,女儿的工作我来做,华明的工作,要按他的意思办。至于他目前的情况,你根据实际情况来治疗,别让他把气窝在心里,尽量让他心情舒畅。"

"是。"杨教授严肃起来。

此时,有人敲门。

"请进。"杨教授打开门,一个护士说:"杨教授,丁华明醒了,他要喝水。"

"很好,你给他倒点温水喝,你先去,我等会儿就过去。"打发走护士后,杨教授拿起听诊器挂在脖子上说,"首长,我们一起去看看吧。"

"走,看看去。"丁应平说着,跟着杨教授快步朝病房走去。

他们两人到病房后,丁华明挣扎着要坐起来,杨教授上前两步,一把将华明按住说:"别动,你现在怎么样,有没有感觉舒服些?"

"还好,我现在觉得舒服一点了。不好意思,杨老师,给您添麻烦了。"

丁华明又抬起头,看着丁应平,诚挚地叫了一声:"叔,让您担心了。"

丁应平点点头问:"你身上有没有觉得不得劲儿的地方?还有,你现在想吃些什么?我让你婶子做好了给你送过来。"

"我好多了,叔叔,不用婶婶送什么吃的,等吊完水我去食堂吃点就可以了。"

"你现在别急着说吃饭的事情,我帮你检查一遍身体再说,好不好?"杨教授开始给丁华明号脉,又给他听了听胸,说,"首长,我想,华明现在没有什么大问题了,等这瓶药吊完了,再吊一瓶就行了。您先回去休息,我会落实您的指示,等华明的水吊完,我再向您汇报情况。"

"那就辛苦杨教授了。"丁应平跟杨教授握了握手,又走到病床边对丁华明说:"你好好养病,好好吃饭,别的事都别多想了。"

"首长,吃饭的事,您不用担心,我是医生,病人能吃什么,我知道。"

"那麻烦你了。"

"首长不必跟我客气。"

丁应平走后,杨教授走到病床前,和蔼地说:"中午我们喝点小米粥,行不行?"

"行,杨教授。"丁华明感到,还是杨教授会体贴人,别说,他此时也真的想喝点小米粥了。

杨教授喊来护士,吩咐她去熬点小米粥,放几颗红枣和少许白糖,务必要熬得黏黏糊糊的。大概一个小时后,护士端进来一碗小米粥。

丁华明喝了一口,只觉得又甜又香又好喝。这碗小米粥的味道,令他永生难忘。

吃过饭后,杨教授问:"你要不要休息一下?"

"不用了。"丁华明感激地说。

"那我们说说你的病吧。"杨教授也在一旁坐了下来。

"我没有病。"丁华明小声说。

"没有病你怎么会休克?"杨教授看着丁华明的双眼,继续说道,"你叔送你过来时,我们诊断你是生气引起的休克,如果当时不抢救,你可能有生命危险,所以我们现在必须要谈谈。"

"怎么谈?"丁华明不解地问。

"要认识到生气的危害性,以后不要过度生气!"杨教授叮嘱道。

"可我控制不住!"丁华明声调略微提高了一些。

"那就想办法让自己变得大气一些。"杨教授顿了顿,继续道,"昨天毛孩绊你,用不讲理的话气你?"

"嗯。"丁华明埋下了头,想到昨天和今天的事情,他内心其实还是平静不下来。

"胖丫头看你十分气愤,马上要打架了,担心毛孩打不过你,她就站出来了。本来她打算给你难堪,却没有想到你那么厉害。她还打算今天下午找同学到图书馆再找你麻烦,没有想到,你姐把你气成这样。"杨教授不紧不慢地说着。

"他们为什么要打我?我又没有惹他们。"丁华明只觉得委屈。

"你叔跟你说过,要过继你当儿子吗?"杨教授试探着问。

"说过。"丁华明看向杨教授,不明白这事跟今天这事又有什么关系。

"就是因为这个!你想你叔叔家突然多个男孩,按常理吃亏的是谁,她们要怎么办?"杨教授点出了问题的症结所在。

"可我并不打算答应的。"丁华明辩解道。

"你先别忙着做决定,如果你给你叔当了儿子,你会得到许多的好处,将来你的人生也会因此发生翻天覆地的改变。"

"杨老师,叔对我好,我明白,我以后也会报答他。但我老家有父母亲需要我养活,我还有七个弟妹需要我去扶持,这是我的义务和责任。自从做了您的学生,我就发愤学习,就是为了未来能更好地尽我的义务和责任。这次我之所以气得很,是因为他们颠倒黑白,对我的误解太深了。"丁华明把自己的内心所想一一道明。

"我彻底地了解你了,你非常了不起。但你的想法必须让你大姐知道,她一对比就知道她的做法是多么的天真和无知了。"杨教授不由得对这个学生刮目相看,在利益面前,没有几个年轻人能果断拒绝的,由此可见,丁华明并不是凡人,以后必定能有一番成就。

"拜托杨老师了,我想只有您才能把这事做得尽善尽美,因为您是我们的老师。"丁华明拜托杨教授。

"我乐意做,为了我的学生。"杨教授欣然答应。

"谢谢您!不过我叔叔的工作,我想还是请您去做,因为他信任您。"丁华明想了片刻,又说,"叔叔跟我父亲一样,尊老重礼,又非常尊重我们年轻人的意见,大事上也是谁说得对就按谁的办,从来不会强人所难。"

"这就是大院人尊敬他的主要原因,也是他威信高的主要原因。"杨教授点点头表示认可。

"华明,你身上还有个毛病应该改掉。"杨教授突然又说。

"是生气吗?"丁华明立马明白了杨教授的意思。

"是的,万病皆缘于生气。"杨教授叮嘱道,"好,我建议你今晚住在这里,你要相信,明天依然是新的一天。"

"好的,杨老师,我一定会听您的,努力改掉爱生气的毛病!"丁华明保证道。

第五章
只缘身在此山中
ZHI YUAN SHEN ZAI CI SHAN ZHONG

第五章　只缘身在此山中

上班，辞职

四年，当兵又学习的四年结束了。

如果问丁华明学的啥，他真不好回答。回答包扎吧，回家后，他的理论知识并不能得到实践；回答神经学吧，别人压根不晓得神经学是什么玩意儿，他跟别人解释半天，也还是说不清楚。

丁应平给他在县建设局找了个工作，他去了就可以上班，拿工资，吃商品粮。

这可了不得了，丁华明吃商品粮了，是国家的人了。回到家后，丁华明对他父亲说："叔想让我过继给他当儿子，我没同意。叔想让我在成都工作，我也没同意，就回来了。"

父亲愣了半天，说："华明，你回来干什么呢？在你叔那儿肯定比回家出路多些。"

母亲没有说话，只是看着他。

"我必须回来，您跟我娘年龄大了，何况家里还有七个弟妹要吃饭啊！"丁华明说出了自己的想法。

"这些你不用管,我跟你娘会慢慢地想办法的。"父亲沉默了会儿,说道。

"叔给我搞了商品粮。"丁华明赶忙跟家里说了这个好消息。

"那好啊,这比什么都好,我们家可算出了个吃商品粮的。"父亲顿时松了一口气。

"这并没有什么。"

"怎么没有什么?吃上商品粮,你就是国家的人了,以后不愁吃不愁穿。粮票这月用完了,下月又来了;这年用完了,明年又来了。傻孩子,你想过这些没有?你叔对你是真好。"父亲看着大儿子,很是欣慰。

"我知道叔对我好。"

刚吃过饭,丁华明母亲说:"他大,你们爷儿俩絮叨一晚上了,让华明去跟他媳妇叙叙吧,特别是吃商品粮的事情,说了也让她听了高兴高兴。"

"我想着咱们得请几桌客吧?华明找到工作了,这可是咱家的大喜事。"华明父亲说。

"等几天再请吧,我明天先去报到,看看那边的情况再说。"华明说。

"也行,你先回屋休息去吧。"

"娘,明早我吃完早饭就去报到。"

"知道了,你回去吧。"

丁华明打开房门,看到媳妇与几个小妹正在门口说着话。见丁华明出来,几个小妹围了上来,叽叽喳喳地问长问短。

过了好大一会儿,妹妹们该问的都问了,该打听的都打听了,丁华明这才回屋里去了。丁华明媳妇问:"这次回来还去吗?"

"不去了,转业了。"

"嗯。"

丁华明回到自己屋里,媳妇给他烧好洗脚水,端进屋里问:"刚才听说你找到新工作了?"

"是的。"

"什么时候上班?"

第五章 只缘身在此山中

"明天早上吃过早饭就去。"

"你以前不是说,学的什么包扎、神……"

"神经学。"

"对,神经学。再不学了吗?"

"我会继续学的,不仅要学,我还要拼命学下去。"

"你不是要去上班了吗,哪里还有空学?"

"我白天上班,晚上回家再学。"

"为什么?这样一来你会很累的。"

"我觉得我们家的传统中医理论与神经学科结合起来,可以救不少人。"丁华明擦了擦脚,又跟媳妇说,"对了,你明天把咱家那间没人住的屋子给我收拾一下,再搞把锁把门锁好,以后下班后,我就到那里继续研究神经学,免得在屋里打扰你休息。"

"好,那要告诉父母吗?"

"暂时不告诉吧。"

"行,那我明天就整理。睡吧,你明天还要早起上班。"

"嗯,我先把我的东西整理一下。"

"喔喔……"第二天,鸡叫三遍后,丁华明起来换了一双新军鞋,穿上一件新中山装,这中山装是叔叔给的,并且要求华明上班第一天穿上,他还说:"人靠衣裳马靠鞍。"

丁华明洗漱穿戴好,母亲也做好了饭。早饭是红芋馍、红芋稀饭和青椒烧酱豆。丁华明吃着早饭,想着自己已经工作了,以后一定要肩负起这个大家庭的担子,努力改善家里的生活。

从丁华明家到县建设局要走一段五公里左右的土路,丁华明虽然很早就出发了,但是到单位却也不早了,他到时其他人几乎都到了。

丁华明找到主任办公室,敲了敲门,喊了一声:"报告!"

"请进。"里面的人大声应答。

"请问哪位是主任?"进门后,丁华明环视一圈,礼貌地问道。

"我就是,你找我是有什么事情吗?"坐着的一人回答道。

"主任您好,我叫丁华明,是从某军区转业过来的,今天是来找王慎武局长报到的。"

"好,你跟我来吧。"

丁华明跟着主任走到最东面一间办公室门前,主任边敲门边喊:"王局长,您这会儿忙着没?"

"你先在外面等一会儿。"屋内的人应声回答。

过了一会儿,一个人从王局长办公室出来后,王局长喊道:"请进吧。"

主任进去说:"王局长,某军区的丁华明转业过来,今天来咱这儿报到。"

"我知道了,让他进来,你先去忙吧。"

丁华明见主任走远,随即进了王局长办公室,他给王局长敬了军礼,微笑着说:"王局长,您好,我是某军区的小丁,今天特来您这里报到,我代表我叔叔丁应平向您问好。"

"来了就别客气了,请坐。"王局长给丁华明倒了杯茶,说,"你叔叔回来了吗?他对你的工作有什么想法?"

"没有,叔叔只说让您看着给我安排活干就行。"

"也行,你在部队学的什么?"

"医学。"

"人医还是兽医?"

"人医。"

"我记得你家在农村吧?"

"是,我家离城里五公里。"

"那你栽树还可以吧?"

"可以,我以前在农村时干过这活。"

了解情况后,王局长一边打电话,一边让华明喝茶。一杯茶刚喝完,一个五大三粗、长着络腮胡子、四十多岁的汉子进了办公室,上来就问:"王局长,你有事找我?"

"厚林啊,来,丁华明你也过来,你们俩先认识一下。"王局长站起来说,

"这位是丁华明,刚从某军区转业过来的,人非常能干,我把他分到你们绿化科,给你当个助手。华明,这位是彭厚林,绿化科科长,他干活经验丰富,我想你们两人一定能密切配合,把今后的绿化工作干好。"

"你好,华明,以后请多支持我的工作。"彭厚林伸出手。

"您好,彭科长,以后我多向您学习,还请您多多指教。"丁华明双手握住彭厚林的手,诚恳地说。

"好,厚林,你待会儿给华明找套桌椅,把他的办公用品给配齐。"王局长说。

彭厚林带着丁华明来到绿化科,跟同部门同事见了面,又安排一个同事给丁华明搬了张半新不旧的桌子,找了把椅子,拿了纸笔,将丁华明安排在一个双人办公室里。彭厚林说:"城市绿化,就是种花种草,有季节性。但是,重大活动需要的大量花草,就是非季节性的,这些事你干上一段时间就都知道了。"

"谢谢,以后还需要科长多多指教,我一定努力学习,让科长放心。"丁华明说。

"不客气,我们共同进步。"彭科长说完,拿了几张报纸就走了。

上班第一天,没人找丁华明。中午午饭时间,同事都走完了,丁华明把自己带的饭吃了,又到街上买了个茶杯,回来喝了两杯茶,午饭就结束了。

下午部门开会,等会议结束时已经六点半了,丁华明回到家时已经快八点。丁华明算了算,他每天上下班路上要浪费三个多小时,如果冬天下了雨雪,那时间得更久。

回到家,一家人正等他吃饭呢。丁华明一看,母亲炒了四盘菜,一盘炒肉丝,一盘炒鸡蛋,一盘萝卜条,一盘酱豆。父亲坐在桌边,看到他回来了,忙给他倒上酒,说:"来吧,今天大喜,华明上班了,代表我们家总算有吃国家饭的人了。"华明也忙坐下,陪着父亲喝了一杯。

"今天去新单位报到顺利吗?"华明父亲问。

"嗯,挺顺利的。"

"领导给你安排的啥工作呢？"

"以后我就在绿化科搞绿化了。"

"绿化是干啥呢？"

"就是给城里种花种草。"

"这工作不错，肯定难不住我儿子。"

"嗯。"

"几点上班，几点下班？"

"上午八点上班，下午六点下班。"

"没事，以后早上让你娘早点做饭，你先吃。晚上就无所谓了，你啥时候回来，我们啥时候吃饭。"

"好。"

"来，华明，咱父子俩喝一杯，你好好干，看以后能不能升个一官半职。"

"不要听你爹胡说，眼下能弄碗饭吃才是最重要的。华明，你一定要踏踏实实地把活干好，这才能给你叔叔和咱家长脸。"母亲说。

"你真是头发长见识短，就知道吃。"

"'人是铁，饭是钢，一顿不吃心发慌'，你一天不吃饭试试？"母亲辩驳道。

眼看父母又争起来，华明明白其实他俩讲的都有道理，一个是大道理，一个是小道理。华明赶紧站起来说："爹、娘，我会努力工作的，你们就别操心了。"

吃过饭后，丁华明回到自己的屋里，见到媳妇就问："你把屋子给我收拾好了吗？"

"收拾好了，走，我带你看看去。"媳妇回说。

华明跟着媳妇一块儿走到了门口，他媳妇说："你等一下，让我先把灯点着。"灯亮了，华明走进屋里一看，媳妇把屋里收拾得干干净净的，摆了一桌一椅一床，小屋被布置得很是温馨。华明很满意，朝媳妇额头上亲了一口，说："我媳妇怪有能耐的，这小屋子收拾得不错，以后我就在这里研究我的学问，不论谁来，你帮我挡一下。"

媳妇的脸一下子红了，不好意思地说："知道了。华明，你再来看看外边。"

丁华明走到屋外，他媳妇把两捆柴火往门口一放，小屋瞬间变得隐蔽起来。

从此，丁华明白天上班，晚上研究神经学……

上班的第四个月，丁华明却决定辞职了，原因是他每月六十二元的工资，养活小家勉强可以，却远远支撑不住父母及七个弟弟妹妹这个大家庭，而且单位上班时间太死板，不利于自己的医学研究。丁华明相信凭自己的能力，只要时间灵活，让父母和弟弟妹妹吃饱肚子没有什么大问题。

丁华明决定自己干，但他想着这毕竟是叔叔帮他安排的工作，得先跟叔叔打个招呼才好。想到这里，他立即拿起笔给叔叔写信……

为吃饱肚子学木匠手艺

"一个闺女十七八,想找木匠哪里抓?阴天烧木柴,晴天烧刨花。凿凿砍砍有钱花,如果心里真高兴,一下雕个萝卜花。"这是丁华明家乡的一个顺口溜。丁华明进行了一番调查后,发现在他的家乡,每家每户对桌椅板凳等家具的需求量极大,木匠,特别是一个好木匠,在他家那一片很吃香,不仅一年四季不愁吃,而且更不用愁烧的柴火。

没多久,丁华明收到了叔叔的回信。叔叔在信中对丁华明的要求一一做了回复。

丁华明的叔叔对他辞去工作这件事非常不满,因为他叔叔原本希望丁华明能有所发展,但看他心意已决,也只有同意他去学木匠。叔叔已安排好让他到县城木材公司学手艺,并寄给他三十元钱。叔叔在信中还叮嘱他别放松学习,学成了是一条出路。

丁华明认真读了叔叔的回信,暗下决心,一定将"神经学"研究坚持下去。

很快,丁华明就从绿化科辞职,转去了木材公司,并找到了陈殿运师傅学木匠手艺。

优秀的木匠能扎篓,能做木大车、顶子床、古仿屋,工具必须全。如果只是当一名普通的木匠,就不用备雕刻刀等工具了。但丁华明认为,无论干什么,不干则已,要干就要干好。他不但备齐了各种工具,而且一个星期就全部会用了,他每天回家吃过晚饭,就一头扎进木匠活儿里。

丁华明学木匠跟别人不一样,别人一般跟师傅学三年就出师,就这也只能当个普通木匠,照样不会扎篓,不会做大木车、顶子床,那是因为他们并没有学到木匠的精髓。丁华明从木材公司带了许多工具回家后,只做了两件事,一是好好琢磨师傅讲的各类技巧,二是认真研究家里的那本《鲁班经》。

丁华明将《鲁班经》认认真真地看了几遍,心里就有底了。之后,丁华明又到处跑,凡是碰到木匠,不论老的少的他都跟人家聊聊,从买树、锯树、备料的技巧,甚至到他们的经历……

通过几个月的"想"和"看",丁华明不仅成为一个合格的木匠,而且还成为一个有真才实学的,能扎篓,能做木大车、顶子床等活计的全能木匠。

丁华明作过两句诗:"木匠有三贵,榫轴刻花累。"也就是说,木匠有三种复杂的手艺——做榫头、轮轴和刻木花。

木匠活学成了,丁华明的手艺也达到炉火纯青的地步,但做木匠需要投入的时间太多,丁华明的学习时间被大幅度压缩,他无可奈何,于是又决定另寻出路。

唱、小调、戏

说干就干,丁华明上初中时二胡拉得比较好。然而,丁华明在街上拉二胡独奏时,发现驻足欣赏的人却很少,这是为什么呢?

要说二胡不好,可二胡自一千多年前从西域传入唐朝,从原来的"胡琴"到现在的"二胡",很多人对它爱不释手,听其音让人如痴如醉。要说二胡好,可在街上听二胡的就只有几个人。一问,听的人都是二胡爱好者。不感兴趣的都说听不懂,不如回家干活去。

看来,要解决听众少的问题,关键是要摸清大众的喜好。那他还要搞宣传队吗?丁华明当了四年的兵,如今成家了,都携家带口了,还能搞起来吗?丁华明思考着。

丁华明上街发现有唱大鼓书的,他站着听了一会儿,大鼓书唱的是《罗通扫北》,唱得很吸引人。他心里猛地一动,我不是也能唱大鼓书吗?他小时候听了很多历史故事,有《杨家将》《罗成招亲》《张三姐闹西京》《五虎平南》《三国演义》《隋唐演义》……丁华明上学时还参加了宣传队,练了唱功,现在他只需要买面鼓,一个鼓架、一根鼓槌、一条简板,与街上唱大鼓书的聊聊经验,多练唱几部书就行了。

照自己的想法准备了几天,丁华明为了不丢人,决定在外村先试一下,没想到这唱起来便一发而不可收:"天也不早了,人也不少了,鸡也不叫了,狗也不咬了,咚咚,我就要开书了……""咚咚,战鼓一敲您是听,您听俺把唱书表您听一听。一面鼓,表我中华大国;三简板,纪念刘关张桃园三结义;鼓钉一百零八颗,纪念水浒一百零八将;鼓架六根,竹棍三个脚,纪念杨六郎把守三关。"

丁华明从远乡逐渐唱向近乡,本乡人终于知道了他会唱大鼓书,纷纷请他前去表演。他为什么这样做？别人不知道,丁华明清楚他是为了用唱大鼓书的收入补贴他的神经学研究。

唱大鼓书之余,丁华明继续研究他的神经学,他通过查阅资料,了解到颈椎病又称颈椎综合征,是颈椎骨关节炎、增生性颈椎炎、颈神经根综合征、颈椎间盘脱出症的总称,是一种以退行性病理改变为基础的疾患。颈椎病主要由于颈椎长期劳累受损、骨质增生,或者椎间盘脱出、韧带增厚,致使颈椎脊髓、神经根或椎动脉受压,由此出现一系列功能障碍的临床综合征,这个病会引起一系列疼痛症状。丁华明认真思索,他想研究出一种不开刀,仅仅靠推拿就能减缓病人疼痛的方法,这样不仅能让病人少花些钱,也更能少遭些罪。

丁华明初中、高中都是学校文艺队的队长,从农中毕业后,他去当兵才没再搞文艺。当兵回来后,由于他白天上班,晚上研究神经学,一般不出去走动,所以别人一直以为他还在当兵。

直到他唱大鼓书出了名,他的朋友、同学这才奔走相告:"我们的班长丁华明当兵回来了。"于是,他的朋友、同学又众星捧月般地团结在他的周围。

唱了一段时间大鼓书,丁华明的心思又活了,他又买了唢呐、喇叭,由原来的二胡独奏,变成了独唱、合唱,其他乐器伴奏……

在那个年代,吃饱肚子,吃上好饭,不仅是丁华明的主要任务,也是朋友、同学聚在丁华明身边的主要原因。因为初中、高中的经验告诉他们:只要跟着丁华明,他们的肚子就不会受罪,不用愁吃不饱饭。

丁华明又动起脑子了。人多了,是好事,什么都能干,并且什么都能干成,但吃饭是个难事!为了能吃饱饭,丁华明想:唱,要选择老百姓喜欢的唱,选择老百姓熟悉的唱,这样才能留住观众。

经过一番调查,丁华明选择了小调。

小调是中国汉族民歌体裁类别的一种,一般指流行于城镇集市的汉族歌舞小曲。经过历代的流传,小调在艺术上经过较多的加工,具有结构均衡、节奏规整、曲调细腻、婉转温柔等特点。

在选择歌曲时,丁华明他们认真负责,选择了一些内容积极向上且老百姓喜闻乐见的歌曲,如《孟姜女》《四季歌》《小拜年》《十里送红军》等等。

他们深入农村,走村串巷,演唱小调,很快就成为当时一道亮丽的风景线。

有了名气后,丁华明准备把所有的乐器和所有的演员集中到一块儿,敲锣打鼓唱大戏,排唱《朝阳沟》,自然是由丁华明本人演栓宝。

为了把戏演好,丁华明还买了戏箱。但此时,中央出台的一项政策改变了丁华明的决定……

放电影,新的尝试

露天放电影,1969年在王店公社那里已经开始了,虽然放的电影是黑白画面的,但毕竟是新鲜事物,因此每放一场电影,人都把场地围得水泄不通。放电影,在丁华明看来是天底下最美的事业。此时的丁华明做梦也想不到,自己不久以后还能成为一名电影放映队员。

1974年,国务院发布了《关于认真做好农村电影队发展工作的通知》,要求各人民公社都要组建电影放映队。

为了响应国务院号召,县委责成王店公社组建电影放映队。三名放映队员要从全公社文艺人员中抽调,工资由县电影放映总队下发。丁华明既是文艺青年,又当兵多年,思想一直比较先进,理所当然被选中了。

当时,丁华明正在化装,准备上台演出,民兵营长来通知开会,丁华明本想让他弟弟替他开,民兵营长说:"区委开会定好时间了,一定要本人去,不能让别人替代去,这是硬性任务。"

没有办法,丁华明只好临时找了个人替他演节目,他洗洗脸便赶到区里开会去了。

丁华明一开会才知道,公社决定让他当电影放映队队员,还让他当队长呢。

丁华明思考了一下,觉得放映队员可以当,他考虑过了,当放映队员,对他的学习影响不大。但他坚决不当队长,因为队长的任务重,他一旦当了队长就势必兼顾不了工作和学习。会后,他向领导汇报了自己的想法,领导对此很不理解,问道:"大家都争着抢着当队长,你倒好,安排你当你竟然还不愿意,你确定以后不会后悔吗?"丁华明说:"领导,队员我当,但我不当队长,以后我也坚决不后悔。"领导说:"那我再物色一下队长人选,这队员的活你可要给我们干好。"

关于戏班子的问题,丁华明也认真思考了一下。他认为自己没有当兵时,大家积极主动,演得热火朝天;他当兵后,大家心里的那把火其实也并没有熄灭,知道他回来了,大家就都主动赶来支持他。现在让他去跟大家说,他要去当放映队员了,戏班子这边就先不干了,这显然不合适,扫了大家的兴。当下最好的选择,应当是把电影放映工作先当个副职干,慢慢来……

放映员的培训班设在县里电影放映总队会议室。由专业人员给丁华明他们培训,教他们怎么装片、开机、倒片、检查片、修片,屏幕上有雪花时该怎么调,人变形了怎么调,电影机出现简单故障时该怎么处理,等等。

培训了半个月并且在县里电影礼堂试放后,丁华明就跟县里电影总队深入农村,他在师傅的指导下,独立地放了三场电影,因表现好,总队给他发了阜阳县人民电影放映队员证,他就成了正式的放映队员。

丁华明回到王店公社,与其他两名放映队员组成放映队,每天晚上到各村放电影。他白天把当天晚上要放的电影准备好,其余时间就专心研究神经学。他的朋友、他的同学都知道,丁华明在研究木匠,研究戏曲,研究他们都没有听过的东西——神经学,十年或二十年后,这就是给他们治病的关键。

丁华明平时关注的事情多,学会了耳听六路、眼观八方。1985年,丁华明听说电影机要承包,凭他多年的放映经验,他觉察到这是个机会,这个机会他一定要抓住。

丁华明马不停蹄地从县里跑到乡政府,用了一天时间就签完了合同。

签完合同后,丁华明准备贷款盖一座可容纳四百人的大礼堂,可是会有那么多人在一块儿看电影吗?

等礼堂正式投入使用后,人们才知道,丁华明盖的礼堂是黄庄电影院,开业后几乎场场爆满。

这时候,大家才反应过来!

到外边去看看

丁华明转业回家,辞去县绿化队的工作后,为了不至于中断神经学的研究,只得另寻工作,他先后学木匠,学唱戏,学放电影。只要有利可图,他都不辞劳苦去尝试,工作之余他继续研究神经学。

五月初五,端午节。丁华明一家包好粽子,拿到街上去卖。卖不完的粽子就拿去送人或是自己吃,回家后他再给家人讲屈原的故事。

八月十五,中秋节。一家人做月饼卖,卖不完的送老人,丁华明给家人除了讲嫦娥奔月,还讲八月十五杀鞑子的故事。

春节是大节日。春节前,丁华明一家人炸馓子、丸子、馃子,炸好了去街上卖,卖不完的就送亲戚,送朋友,送贫困户。大家一块儿欢欢喜喜、团团圆圆地过大年。

正月十五过后分外忙。正月十五后,丁华明拾起自己的手艺,忙里偷闲,"磨剪子,抢菜刀"。一把剪子或一把刀,一磨就是三四个小时。锻磨可是细活,可丁华明不怕,遇上阴天下雨,他就与顾客约好,然后在顾客的帮助下,把磨放好,自己坐上小板凳,掏出专用的工具,"哧哧……"地磨起刀剪来。

丁华明闲的时候,也在家里帮母亲纺线、经线、络线、织布、做衣服。或者顶针一戴,纳鞋底、纳鞋帮、做鞋。他有时去街上炸米花,担着米花灶子到一个庄,喊两嗓子,需要炸米花的村民就来了,有端玉米的,有端大米的,还有端黄豆的。

丁华明在压力锅里一次装适量的米,一边烧,一边转动压力锅,一边看仪表,快炒好时,他把口袋系在压力锅口,用脚一踩,手一扳,"嘣"的一声巨响,一锅米花就出锅了,香喷喷的味道随风飘到全村的每一个角落。

除了这些,丁华明还会做很多活计。

比如锔瓷,就是把破裂的瓷器、陶瓷锔合在一起,在丁华明的村里,只有他自己精通这门手艺。

补锅什么的也难不倒丁华明。村里哪家哪户的锅破了,只要找丁华明修补修补,照样能烧水做饭。

一般男女结婚,两家父母都要添新被子,被套也必须用新的。村里人先自己种棉花、拾棉花、轧棉花,将棉花弹好后,再找丁华明打被套。

除此之外,还有炸油条、制秤杆、修伞等手艺,也都是没有丁华明不会的。可以这样说,民间的手艺,丁华明样样精通。让人不禁想起罗隐写的诗《蜂》:

> 不论平地与山尖,
> 无限风光尽被占。
> 采得百花成蜜后,
> 为谁辛苦为谁甜?

为谁?为了他的父母,为了兄弟姐妹,还是为了他村里的父老乡亲?不只是这样,未来某一天,丁华明会证明,他的奋斗,是为了更多人生活无忧。

因为只有丁华明知道,他学那么多手艺,都是为了养活一门大手艺!可谁懂呢?即便没人懂,他也要研究,因为通过研究,丁华明已经尝到了甜头。

经过二十多年的研究，丁华明对神经学的研究基本上有头绪了。丁华明心里知道，他应该出去走走了。

先到哪里去呢？

丁华明经过认真思考，决定先去新疆看看。

恰巧，一个亲戚与乌鲁木齐一家企业签订了一份建筑合同，为其建设两万平方米的厂房。可以说，丁华明对此轻车熟路。丁华明马上带着十六个工人就去了，但到了新疆乌鲁木齐，因为水土不服，加上各种阻力，建筑停工了，而丁华明的医学实践却成功了，这证明他这二十多年的努力没有白费。

第六章
小荷才露尖尖角
XIAOHE CAILU JIANJIANJIAO

学会怎么看病

作为一个医生,能治好患者的病,才是至关重要的!

患者的病千奇百怪,而丁华明知道,他自从学医以来,只学了家传的按摩、正骨、神经学及能以土方治疗的疑难杂症等外科病。

要让患者知道他得的是什么病,需要什么样的医生。丁华明深知,这就是他的责任。

怎样坚守好自己的职责,为本地人解除病痛之苦?丁华明经过思考、查阅资料,认为他应当学习扁鹊。他决定到扁鹊的家乡看看,了解扁鹊的一生,看看扁鹊研究了什么。

扁鹊的医术高超到什么样的程度呢?当时的人认为他是神医,所以就借用了神医"扁鹊"的名字来称呼他,这样一来,他的本名反而少为人知。扁鹊是中国传统医学的开山鼻祖,是中医望闻问切的总结者和实践者,可惜一代神医最终遭人妒忌,被刺杀身亡。

相传,扁鹊年轻时在一家旅店做工,有个叫长桑君的常来住店,扁鹊认为他是奇人,就恭敬地对待他。两人相识十多年,一天,长桑君对扁鹊说:"我有秘藏的医方想要传给你,我如今年老了,留着也没啥用了,你以后可不要把医方泄露出去。"扁鹊答应后,长桑君写下秘方便消失了。扁鹊自此开始了他行医的一生。

行医多年,扁鹊的名声传扬天下。他到邯郸时,闻知当地人尊重妇女,就做治妇女病的医生;到洛阳时,闻知周人敬爱老人,就做专治耳聋眼花、四肢痹痛的医生;到了咸阳,闻知秦人喜爱孩子,就做治小孩疾病的医生。他随着各地的习俗来调整自己的医治范围,练就了无病不能治的高超医术。

直到现在,天下谈论诊脉法的人,都遵从扁鹊的理论和实践。

扁鹊行医一生,在诊断、病理、治法上对医学做出了卓越的贡献。扁鹊在诊视疾病中,已经应用了中医全面的诊断技术,即后来中医总结的望诊、闻诊、问诊和切诊这四诊法。此外,扁鹊也十分重视疾病的预防。他认为,对疾病需要预先采取措施,把疾病消灭在萌芽状态,这样可以达到事半功倍的效果。

十个月后,在任丘市,丁华明通宵达旦地翻阅完有关扁鹊的典故、传说,经过认真分析、对比,得出了这样的心得:预防是治病的根本;做全科医生是治病的关键;开拓进取是治病的最重要的态度,因为医生对医学的研究永无止境。

理论非常重要

丁华明研究了二十多年的神经学，对人体神经的分布可谓烂熟于心。

对于庞大的身体来说，神经是分子，血管是分子，经络也是分子。丁华明深入阅读《黄帝内经》，并游历河南新郑、山东寿丘、甘肃天水、陕西黄陵等据考证可能是黄帝故里的城市，又游历了据传与黄帝共同完成《黄帝内经》的岐伯故里。

我国古代医学家在长期治疗实践的基础上，将阴阳五行学说广泛应用于医学领域，用以说明人类生命起源、生理现象、病理变化，指导临床的诊断和防治，成为中医理论的重要组成部分，对中医学理论的形成和发展，有着极为深刻的影响。

丁华明边搜集中医学理论边游历，他不禁感慨：我们的祖先真的很伟大！

游历两年，从山东、河南、陕西到甘肃，丁华明了解了黄帝、周文王、邹衍等人的生平，以及《易经》《阴阳五行学》《黄帝内经》等典籍的来龙去脉。

丁华明还大胆推测,对于中医理论,它们总的来说是一个整体,而它们内部是运动的,两个神经之间是既统一又对立的关系。比如面瘫。没病时,面部两侧是平衡的;一旦病了,病的那边的神经细胞就不正常分裂了,嘴就会向左或向右歪。治疗时,嘴向左歪,掐右边神经;嘴向右歪,掐左边神经。经过刺激神经,使其细胞再分裂,血管从此经过,慢慢地病处的神经细胞分裂正常,面部就能恢复健康。

丁华明应用该理论实施面瘫治疗实验,共二十例中,治愈好十九例,治愈率达百分之九十五。虽然很辛苦,但丁华明很高兴……

药,要巧用

丁华明从小就喜欢辛弃疾,不仅因为辛弃疾是一名爱国者,更因为他有一首词《满庭芳·静夜思》,词中用了二十五味中药名。

辛弃疾是豪放派词人,为什么这首词风格婉约,并且他还在词中嵌入了二十五味中药呢? 先品品词味,你就知道了。

满庭芳·静夜思

云母屏开,珍珠帘闭,防风吹散沉香。

离情抑郁,金缕织流黄。

柏影桂枝交映,从容起,弄水银堂。

连翘首,惊过半夏,凉透薄荷裳。

一钩藤上月,寻常山夜,梦宿沙场。

早已轻粉黛,独活空房。

欲续断弦未得,乌头白,最苦参商。

当归也! 茱萸熟,地老菊花黄。

一首词中,写那么多中药干什么呢? 这首词用到了云母、珍珠、防风、沉香、郁金、硫(流)黄、柏叶、桂枝、苁蓉(从容)、水银、连翘、半夏、薄荷、钩藤、常山、缩砂(宿沙)、轻粉、独活、续断、乌头、苦参、当归、茱萸、熟地、菊花共二十五味中药材的名字。

丁华明查阅史料,得知这首词是辛弃疾写给新婚妻子范如玉的。上阕主要抒写辛弃疾因思念妻子而产生的苦闷心态,以景写情,那一股淡淡忧伤仿佛一股中药的清香沁人心脾;下阕,悲伤的色彩增加,辛弃疾心疼妻子独守空房,一句"当归也",表明时光易逝,自己该回家了。

而他的妻子范如玉收到丈夫的词后,大为感动,她同样以药名镶嵌在回书之中,情意绵绵:

槟榔一去,已过半夏,岂不当归耶?

谁使君子,效寄生草缠绕他枝,令故园芍药花无主矣。

妾仰观天南星,下视忍冬藤,盼不见白芷书,茹不尽黄连苦!

古诗云:"豆蔻不消心上恨,丁香空结雨中愁。"

奈何!奈何!

短短几十字,用了十六味中药名,表达了妻子对远征在外的丈夫深深的思念之情,以及盼望丈夫早日凯旋的期盼之情。

中药对中药,二十五味对十六味,真是巧用啊!

其实,中药治病,也是在巧中实现的。

相传炎帝牛首人身,亲尝百草,用草药治病。

《淮南子》记载,炎帝"尝百草之滋味,水泉之甘苦,令民知所辟就。当此之时,一日而遇七十毒"。正是炎帝这种以身实践和探索的精神,奠定了中国中医学的基础,开创了中华民族的中医文化。为了纪念他,后世将中国现存最早的药物学专著命名为《神农本草经》。

六个月间,丁华明在研究中深觉炎帝无时无刻不与他的民众吃在一块、想在一块儿。在炎帝庙里,丁华明看到炎帝的塑像,想到炎帝尝百草的舍身精神,一时感慨万分,不禁放声大哭……

三个月后,丁华明游历铜川市和终南山,认真地研读了孙思邈的医学著作,他感到孙思邈的医术巧就巧在方剂上。孙思邈虽然早已仙逝,但他独立完成的两部书《千金要方》《千金翼方》和主持编写的《唐新本草》在中医学的历史长河中永放光芒。

  整整一年,丁华明分别游历了炎帝、孙思邈和李时珍的故里,详细地了解了他们的生平、传说、典故,认真研读了正史、野史及他们的著作。他还认真总结了关于用药的实践经验,即巧采药,巧选药,巧炮药,巧熬药,巧吃药,让治疗效果事半功倍。

最经济的治病法

"药好治病,钱好买命。"丁华明永远不会忘记奶奶说过的话。

丁华明准备从医,一方面也是为了周围叔伯大爷的病痛。

丁华明记得,他十二岁的时候,右腿膝盖突然肿了,而且越来越肿,后来腿都不能动了,日日疼得钻心。村里几个医生都来给他看了,药没少吃,钱也没少花,可就是不见好。丁华明的父亲急坏了,小孩的腿伤了是大事啊!他准备上县医院给华明治病。

碰巧这时,一个游医从丁华明家路过,进门讨杯茶喝。丁华明的父亲把人请进屋里,倒好茶,让他慢慢喝,歇歇脚。

游医一手端茶,一手按了按丁华明的腿,问:"这孩子的腿是怎么了?"

父亲仔细一说,游医听后,问了问疼得龇牙咧嘴的丁华明,然后说:"没事,孩子就是膝关节伤着了,关节腔内出现积液,我给他放放、顺顺,就好了。"

游医把茶喝完后,对丁华明的父亲说:"你端半盆洗脸水,拿擦脸毛巾来,再点盏灯,拿盒火柴来。"

丁华明的父亲都一一照做了。

游医洗洗脸和手,把灯点着,从口袋里掏出竹杠筒,又从里面倒出两根针,在灯上边燎边对丁华明说:"小家伙,你看外边那一只鸟多漂亮。"

"哪里来的鸟?"丁华明一边问,一边仰着头去找,"没有呀。"

游医手一扬,朝丁华明的膝盖一侧扎入银针,说:"我说你表现很好,腿不要动,注意针,一会儿就好了。"就这样,一盏茶的时间,丁华明的腿奇迹般地好了,可见针灸的奇效。

在古时候,特别是在民间,很多乡村医生都懂得针灸,几根小小的针,通过不同手法刺入不同穴位,用不着吃药,就能祛除患者的病痛。后来,在传奇小说等的描述下,针灸更增添了太多的神秘色彩。甚至有"一针可活人,一针可死人,一针可让人一动不动"的说法,一些武侠小说更是把针灸描述得神乎其神。

丁华明也想研究针灸的来源和发展。他开始查阅资料,拜访有经验的针灸医师,通过自己不断的摸索实践,他心里逐渐豁然开朗。老祖宗在那个医药不够发达的时代,通过千百年来的实践,总结出了独特的办法来医治病痛。

针灸就是针法与灸法的总称。针灸是中医的重要组成部分之一,其内容包括针灸理论、腧穴、针灸技术及相关器具。其在形成、应用和发展的过程中,具有鲜明的中华民族文化与地域特征,是基于中医学理论和实践结合产生的宝贵医学遗产。

丁华明查阅资料后发现,针灸疗法最早见于战国时期问世的《黄帝内经》一书。《黄帝内经》说:"藏寒生满病,其治宜灸。"这里的灸便是指灸术。其中详细描述了九针的形制,并大量记述了针灸的理论和技术。两千多年来,针灸疗法一直在中国流行,并传播到了世界各地。而针灸的出现,比有记载的时候更早。

远古时期,人们偶然被一些硬的物体,如石头、荆棘等碰到了身体表面的某个部位,有时会出现意想不到的疼痛减轻的现象。这个时候古人开始有意识地用一些尖利的石块来刺身体的某个部位或人为地刺破身体使之出血,以减轻疼痛。

在氏族公社制度的后期,人们已经掌握了挖制、磨制技术,能够制造出比较精致的,适合刺入身体以治疗疾病的石器。这种石器就是最古老的医疗工具——砭石。人们用砭石刺入身体的某一部位以治疗疾病。

砭石在当时还用于外科化脓性感染的切开排脓,所以又被称为"石针",可以说,砭石是后来刀针工具的基础和前身。

针灸治疗的适用范围很广泛,内、外、妇、儿、五官、皮肤等各科的许多疾患,大部分能用针灸来治疗,其具有疏通经络的作用,就是可以使瘀阻的经脉通畅而发挥其正常的生理作用,这是针灸最基本、最直接的治疗作用。

讲起老祖先留下来的针灸学,就不能不提到一个人,那就是皇甫谧。皇甫谧在医学史和文学史上都负有盛名,尤其在针灸学史上,具有很高的学术地位,被誉为"针灸鼻祖"。他的《针灸甲乙经》详述了各部穴位的适应证和禁忌、针刺深度与灸的壮数,是我国现存最早的一部理论联系实际的针灸学专著。

丁华明认真研读《针灸甲乙经》,他利用医学人体模型,甚至自己的身体,来研究针灸技术。别人看见丁华明拿自己做练习,很是惊叹,常常问他:"你就不嫌痛吗?"丁华明总是一笑置之。外人怎么会知道他认真研读学习医术的决心呢?

实践,理论,为了针灸,他游学了一年,系统地研读了各类中医学专著,为他以后行医打下了坚实的基础。

第七章
报德慈亲点佛灯
BAODE CIQIN DIANFODENG

游历之后

将近六年里,丁华明四处游学,他北到河北,南到长江,西到陕西,东到东海、渤海,游历了十多个地区。他走访了许多医学家的故里,缅怀他们的伟绩,祭奠他们的英魂,研读他们的著作,精心钻研他们的医术,医学理论水平和行医技术迅速提高。

丁华明被古代医圣忘我的献身精神深深打动。炎帝尝百草中毒,为了自己的臣民,作为一个首领,情愿一死。这种精神,惊天地、泣鬼神。丁华明在游历炎帝故里时,一直在思考,为什么炎帝有这么多个故里?因为他不惜一切为百姓,百姓愿意与他为邻。作为一名普通的医生,丁华明决心以炎帝为榜样,为了自己的病人,为了自己的父老乡亲,献出自己的一生!

要想为别人清除或减缓病痛,自己就必须要有过硬的医学技术。可以这样说,凡是医生,都会看病,望闻问切,好学得很。但要真正掌握望闻问切医术,准确诊断病人病情,对症下药,是不容易的事情。丁华明学了,但他从不认为自己会了,因为光看"望闻问切"这几个字,实质上就是一个庞大的知识系统,由于医生受认知条件和自身知识限制,诊断结果往往与病人的病情存在着差异。丁华明心里也明白,望闻问切的博大精深需要自己终生努力去学习。

丁华明还学会了使用中药。可以这样说,我们身边到处都是中药,可这些中药该怎么用?怎么达到巧用?这是方剂学的任务,也是一个中医最棘手的问题。

丁华明知道,疾病的发生和发展往往是错综复杂、瞬息万变的,时常表现为虚实并发、寒热错杂、数病相兼,故单一种药是难以兼顾各方的,所以临床往往同时需要两种以上草药配伍使用。

药物之间会相互发生作用,有的会增加或降低原有药效,有的能抑制或消除副作用,有的则会产生或增强副作用。因此,在用两种以上的药物时,必须了解每味药的性能,针对病症下药。

丁华明通过深入学习,进一步了解了药物彼此之间的关系,相须将功能效果相类似的药物配伍应用,以增强原有药效。如石膏与知母配伍,能明显增强清热泻火的治疗效果。相使即在性能功效方面有些共性,或性能功效虽然不相同,但是治疗目的一致的药物配伍使用,以一种药为主,加一种药为辅,就能提高主药的疗效。如补气利水的黄芪与利水健胆的茯苓配伍时,茯苓能提高黄芪补气利水的治疗效果。至于相畏,即一种药物的毒性反应或副作用,能被另一种药物减轻或消除。如生半夏和生南星的毒性能被生姜减轻或消除,所以说生半夏和生南星畏生姜。相杀即一种药物能减轻或消除另一种药物的毒性或副作用。如绿豆能减轻或消除巴豆的毒性,所以绿豆杀巴豆。相恶即两药合用,一种药物能使另一种药物功效降低,甚至丧失功效。如人参恶莱菔子,因莱菔子能削弱人参的补气作用。

面对面瘫这样的疾病时,医生采取不用药的方式也能够治疗患者的病症。丁华明经过二十多年的研究发现,经过反复刺激,神经细胞可以重新分裂,让血管重新供血,受损的神经或神经元在外界的刺激下,可逐步恢复健康。

成才从孩子抓起

"从小看大,三岁看老",是指某个人一生的好坏作为,在他孩童时就能看到端倪。这是一句流传甚久的俗语,但丁华明却不这样觉得,他认为孩子的教育要从没出生就开始抓起。

于是,丁华明在村里建起了妇检室,并且给妇检室配上了电视机。那时候,电视机还是稀罕物。一到农闲时,村里就安排丁华明公开放电视,宣传计划生育、妇检的好处和健康生育政策,一下就吸引了全村的妇女到妇检室观看,然后丁华明就水到渠成地让妇女接受了妇检、生育教育。

丁华明认为,青年男女结婚后生孩子前,必须先学会如何教育孩子,不然父母落后的思想可能会影响孩子的一生……

因此,孩子的教育是至关重要的,要从小抓起。他决定办幼儿园,为孩子的教育出一份力。

为了办好幼儿园,丁华明跑到芜湖待了三个月。在朋友的帮助下,他白天进入安徽师范大学图书馆研读幼儿教育教学方面的教材,阅读中国及外国著名幼儿教育家的书籍,拜访我国幼儿园教育专家;晚上给人看病挣些生活费。

丁华明结合自己小时候的经历,认为要办好幼儿园,必须有足够的、适合儿童智力开发的玩具。

怎么办?向上面要经费,不现实;让孩子家长拿钱,更不现实。因为幼儿园是丁华明自己要办的,玩具的问题自然也需要丁华明自己想办法解决。

于是,丁华明又转头研究起了玩具。

虽然办的是农村幼儿园,但丁华明觉得,再穷不能穷孩子。自己玩过的玩具、会做的玩具、买得起的玩具,孩子们都要有。

于是,龙王村有了幼儿园,有了丰富的幼儿教材,有了适合儿童玩的各类玩具,真正实现了教育必须从孩子抓起。但是,诸位可能会疑惑,丁华明花那么多时间,花那么多工夫,花那么多钱,他到底图啥呢?

他图的是父老乡亲的子女从小能受到好的教育,将来能顺利考上大学,图的是这些考上大学的孩子能"青出于蓝而胜于蓝",比他们的祖辈父辈强。

除了办好幼儿园,丁华明认为自己还应做到以下三点:第一,他要永远做孩子们学习的榜样,自己目前虽然已经学到了许多东西,但还是应该坚持做到"活到老,学到老",为孩子们树立榜样;第二,他要永远做村里困难户的贴心人,在龙王村,有困难不用怕,没吃的、没钱花,都可以找他丁华明帮忙;第三,他要永远帮助孩子,孩子是祖国的未来,是父辈的希望。

丁华明经过学习和实践发现,一个孩子,要想成才,就必须具备优秀的品质。一位学者这样说过:"凡建立功业者,以立品德为始基。从来有学问而能担当大事业者,无不先从品行上立定脚跟。"一个人有了优秀的品质,才可以走得更远,飞得更高。无德之人的成功只是短暂的成功,经不起风吹雨打。丁华明认为,要帮助孩子养成良好的品质,一旦孩子的优秀品质及修养形成了,对其一生的影响是相当深远的。

除此之外,丁华明认为,孩子们还应有无人能敌的顽强意志。

罗曼·罗兰说过:"最可怕的敌人,就是没有坚强的信念。"这种信念,其实就是存在于人们内心的坚强信念和顽强意志。丁华明从一些名人成功的事例中引导孩子,勉励他们,让他们真正懂得蜻蜓点水式的努力不会赢得真正的成功,唯有以始终不渝的信念去积极拼搏,日复一日、年复一年地努力,方能取得长足的进步。

"只要坚持不懈地努力奋斗,就没有征服不了的困难。"丁华明要让孩子在前进的道路上,明白这一通俗而又意义深远的道理。当那些意志品质逐步坚定起来的孩子们尝到一些甜头以后,他们自然会更加刻苦,为取得更大的胜利而付出十倍乃至百倍的努力。

丁华明还想帮孩子们养成终身受用的良好习惯。培根说:"习惯真是一种顽强而巨大的力量,它可以主宰人生。因此,人自幼就应该通过完美的教育,去逐步养成一种好的习惯。"人们经常这样说:"习惯决定性格,性格决定命运。"当然,一个孩子要养成良好的学习、生活习惯,除了丁华明的正向引导外,还需要家长潜移默化地影响孩子。他时常提醒家长:千万不要认为习惯是小事,不需要对孩子严格要求,切记"千里之堤,溃于蚁穴",要让孩子从小养成良好的习惯。

路,越走越宽阔

俗话说:"要想富,先修路。"在解决了孩子们的教育问题之后,丁华明又把目光瞄准了村里的路。

很快,丁华明要修路的消息在村里传开了,一时间大家议论纷纷,好不热闹。

"瓢把"挑衅地说:"他丁华明想干啥?露脸的事让他干完了,办幼儿园、添玩具、买课本……他还真想在我们村露脸啊?依我看,咱们就该找几个人治治他,看他到底有几斤几两。"

"二愣子"说:"露脸?我看得有钱才能露脸,谁兜里有钱想露脸都可以,就看他丁华明到底有没有钱。"

"假算盘"说:"你还别说,钱这东西,人家丁华明还真不愁!"

"风水先生"说:"哎,修路动静太大了,可别惊动了我们的祖先,破坏了我们的风水啊。还有,我听说丁华明想修砖砟路,那些东西都是别人用过的砖砟,邋遢不邋遢!"

二大爷厉声呵斥道:"你们别再嚼舌根了,修桥补路自古就是积德

第七章 报德慈亲点佛灯

行善的事。再说了,路修好了,又不是他丁华明自己走,而是方便大家走不是?你们一个个可别在这儿胡说八道乱嚼舌根了。"

二大爷在村里威信高,一般没人敢跟他犟嘴。

"二大爷,我们不会耽误他丁华明修路的。我们只是跟他闹着玩,让他别太露脸了。"

"闹着玩也不行,人家丁华明干的可是正事。你们当中谁有那个本事?"

"我们知道了,二大爷,您放心,我们再也不会这么说丁华明了。"大家说着就都赶紧散了。

二大爷不放心,他又找到了丁华明,让他多个心眼,让丁华明不要理那些说闲话的人。

丁华明诚心地感谢了二大爷。丁华明认为,路,甚至村庄,一开始都不存在。人多了,才开始有路,有村庄,这与祖先、与风水没有任何关系。至于露脸,那是一种愚昧的想法,丁华明不作考虑,他只想老老实实给村民干点实事,毕竟自己漂泊半生,今后会一直在这里住下去,与村里的父老乡亲一块儿生活的。

丁华明记得,鲁迅先生在《故乡》中写道:"其实世上本没有路,走的人多了,也便成了路。"

村庄同理,人聚多了,便成了村。通过研究,丁华明认为,在本村修路是对的,可以方便村里人的出行,这完全符合大多数群众的利益。不过,丁华明自己掏钱,个别人干事既摸不着钱,又不露脸,自然就会因为心里不舒服而故意找他的碴儿。但即便这样,丁华明也不怕,他觉得只要群众满意,小事可以慢慢地解决,他有这份信心。

这天,丁华明请村干部和村里有威望的老人吃饭。酒过三巡,菜过五味,丁华明对大家说:"尊敬的各位领导、父老乡亲们,我今天请大家来吃饭,主要就是想跟大家坐下来研究一个事,那就是修我们村的主干路。修路的材料我打算用废砖砟,这些废砖砟来自工厂不用的断砖、烂砖、废砖,我已经给工厂交了定金。用工方面我计划用我们村的劳动力,等活干完了再给大伙付工钱。开工时间应该是后天。请领导们批准,也请父老乡亲们支持我干这个事。"

大家听罢讨论后,一致决定支持丁华明。

丁华明的第一次修路就这样开始了。开工这天,丁华明特意起了个大早,他先赶集买好中午管饭的菜。修路是个力气活,丁华明就多买了些肉,打算中午给修路的人改善伙食吃好一些。接着,他又买了好烟,还买了六大盘鞭炮,准备一会儿在开工前放一下,寓意这次修路六六大顺。

丁华明从集上回来时,干活的人都已经到齐了。丁华明把菜交给家人,把烟拿出来,发给大家抽。大家抽好烟,喝好茶,丁华明就拿出鞭炮说:"来,咱开始放炮吧,放了就正式开工!修路这事就拜托大家伙了!"

"噼里啪啦",随着一阵阵的鞭炮声响起来,大家挥动工具鼓足劲儿干了起来。

万事开头难,修路也不例外。开始平路基的第一天,就有十多个人去找丁华明说事,有的说修路占了他家的宅基地,有的反映平路基挖掉了他家五棵树,最为夸张的是,有一家拎来了两只死兔子,非说是被修路的吓死了,简直让丁华明哭笑不得。

怎么办?对于这些人的"维权",赔,还是不赔?这让丁华明犯难了。

赔,凭啥赔他们呢?自己拿钱给村里修路,修好了路大家都能走,这是给大家谋福利的事情,赔钱怕是会助长这些人的嚣张气焰,以后谁还敢站出来给村里做好事呢?

不赔,可天天有人跑来闹事,这路还修不修了?某些人怕是正躲在一旁等着看丁华明的笑话呢。说不定有些村民就是被那些居心叵测的人利用的,目的就是想看丁华明到底有多大的本事。

丁华明认真思考后认为,路是自己要修的,只要群众能得到利益,赔,就是砸锅卖铁也要赔!何况他还可以向亲戚借,还可以去银行贷

第七章 报德慈亲点佛灯

款。

可是大部分村民都不愿意了,这些人想干啥?多少年了,村里一到下雨天,路上就泥泞不堪,村民想出村子都没办法。现在,人家丁华明自己掏钱给大家修路,居然还有人厚着脸皮来找事!于是,村民们推选二大爷去跟闹事者商谈。

出于村民们的舆论压力,那几个小混混也不敢再公开闹事了。要宅基地的也不要了,要赔兔子的也不让赔了。虽然私下里丁华明也赔了两户,但总的来说,那股歪风已经被村民的正义之风压下去了。这使丁华明真正体会到了,只要是真心实意给村民办事,总会得到大家的理解和支持。

二大爷一户一户地谈,最后,大家一致决定:这次丁华明要修的总长为一公里半,宽六米五,今后永远不许因修路的事闹纠纷。

真正的修路开始了。为了防止夜长梦多,丁华明把工人们的生活照顾得好好的,烟尽量买好的,茶无间断地供应,被请去施工的人们念着丁华明的好,无不竭尽全力地干活。平路基、拉砖砟,平砖砟,最后,大家伙只用了七天的时间,就保质保量地把路修好了。

丁华明激动万分,从新路的东头走到西头,又从西头走到东头,最后又骑自行车从东往西走了一遍,他在心里不住地叫好。晚上开庆功宴,凡是参加施工的人,丁华明给他们都敬了三杯酒。虽然丁华明没多说什么,但大家心里知道,丁华明这人真的非常讲义气!

第二天,丁华明又赶集买了炮仗,请了村干部、村里老人,大家聚在一起放炮,庆祝村里的第一条主干路完工。

丁华明第一次修的砖砟路开通了。他走在上面,既有自豪感,又有自卑感。他感到自豪,是因为他通过自己的努力,给全村人谋得了福利。而感到自卑,是因为丁华明感到自己能力不足,还需要在今后的日子里,慢慢引导那些懒惰自私的村民共同走上富裕之路。

光阴似箭,日月如梭。一晃两年过去,村里的砖砟路已经被轧坏了,路面又变得高低不平、坑坑洼洼了。没修新路时,下大雨可以赤脚,而现在却不行了,砖头硌脚硌得人生疼,有时甚至还会把脚硌烂。于是,大家又想到了丁华明。有的想,这丁华明当年纯属假逞能,那会儿他硬要修路,要修却也不好好修,如今把路修成这样,才两年就不行了,看来以后只有受罪的份儿了。有的想,丁华明你能修就要负责到底,路毁了你就继续修,若不想负责,你当年就别修啊!自有村庄以来,走路还没有硌过脚。有的想,算了,啥也别说了,说得再多又不能当路走,你丁华明还是重新修吧,谁叫你当年逞能来着。

丁华明走在坑坑洼洼的路上,愁在心里。这下可怎么办?那时的丁华明正处在困难时期,父母和岳父岳母年老多病,几个小孩都在上学,弟妹也都需要用钱。

但修路这事还是得干,丁华明心想,做人要一言九鼎。但这路是建,还是修?丁华明骑着自行车在城里跑了好几趟,终于想到了好办法。城里拆迁拆的水泥块放在那里没什么用,他可以买来铺在村里的路上,既算建又算修,等他再攒两年的钱,再重新建吧。

回到家,丁华明再次将村干部、村里有名望的老人召集在一起,说:"当年我们共同努力修建的砖路坏了,一到下雨走路都硌脚,这路得修。可我现在手头有点紧,拿不出修路的钱。但王进喜说过,'有条件要上,没有条件创造条件也要上'。我在城里发现了很多拆迁拆下的废水泥块,我想着把这些水泥块买回来,变废为宝修我们的路,大家觉得怎么样?"

"那当然好了。"

"真有你的,华明。"

"可以,就这么弄吧!"

"既然各位领导都同意,那我就准备干了。"丁华明真诚地说。

"好好干吧,华明,这次绝对不会像上次那样。上次是我们没有经验,没有提前做好村民的思想工作。这次,我们提前去做村民的思想工作。放心吧,华明,你可以放手去干。"村支部书记说。

"谢谢书记,我会更加努力,不负村民的信任。"丁华明真诚地说。

第七章 报德慈亲点佛灯

计划定好后,丁华明换了一件干净的衣服后,就往城里跑。通过耐心谈判,人家终于同意把水泥块全部卖给他,而且还会帮他把大块的水泥打碎。

之后,丁华明请人平整路基。在铺路时,丁华明注重两个方面:第一是缝隙上,防止缝大了挤烂小孩的脚;第二是上坡时的路,防止水泥块的角硌了车架底盘。同时,丁华明盘算着,等这次路修好了,他就开始准备第三次修路,因为如果这次修的路再毁了,与上次就不一样了。

常庄主干道第二次修好了,全村人都欢欣鼓舞。丁华明没放鞭炮,而个别老百姓却放了,丁华明听到后,心里无比激动。村民们哪里知道,这次修路的经费,全是丁华明借来的!

"丈夫为志,穷当益坚,老当益壮。"丁华明是这样说的,并且他也是坚持这样做的。

他经常对别人说:"我,丁华明,一个农民,一个共产党员,通过自学成为一名医生,欧阳修都可以离家为阜,我应该向他学习,按毛主席要求的,全心全意为人民服务。"

第三次修路要到位,丁华明这次决定修条柏油路。

丁华明仔细算了一下,这次修路需要不少钱。他翻来覆去地盘算,最终决定:这路必须修!路没毁也要修。早晚都是要修的,不如早点修好,村民们就能早点享受!

于是,丁华明请村干部、村里有名望的人坐在一起,把自己的想法跟大家说了。大家听后非常高兴,一致认为丁华明真是个为村民着想的好人。修柏油路与修砖砟路、水泥路不一样。修路前,丁华明亲自看过别人修路,他又派了两个人去学习了七天,回来指导实施修路工作。在他的精心准备与认真负责下,这条新路很快就开通了。

路修好了,丁华明这才舒了一口气,他买了六盘鞭炮,开心地放了一通,他心里是真高兴。

丁华明走在第三次修的路上,看到兴高采烈的村民们,心里甜滋滋的。

随着改革开放的深入,我国进入汽车时代,条件差不多的家庭都买了辆汽车。车的增多对路也提出了新的要求。与其让村民们说,不如自己先修吧。趁旧沥青没毁的情况下,在上面铺层水泥。这样一来,路基平,路面光,路的寿命也就更长了。

考虑好后,丁华明又把村干部、老同志请到家,把自己打算修水泥路的想法跟大家说了。正巧,上级也有修水泥路的想法,只是计划修的路窄一些。于是,丁华明向镇里申请修五米宽的路,差的钱由他自己补齐。

第四次修路完工,因为有公家的钱,丁华明就没私下放炮……

为了孩子,修桥

从阜阳沿105国道向东南,到开发区后朝南,经龙王店、胡庙,到丁集,是条老路。

黄庄门口有一条大沟,东接幸福沟,西接东清河。路与沟在黄庄西头相交。按理说,老路连接两条中心沟的龙王穿心沟,应该有座坚固安全的大桥。但不知道为什么,那里仅有一座小桥,而且又小又破。

在交口东北有一所小学,叫龙王店小学。从学校建好后,丁华明就担心那桥不稳当,万一小孩不注意掉到沟里可怎么办?

丁华明担心着,担心着。一天,一个孩子跑着过桥,因为刚下过雨,桥面特别滑,孩子一下子就滑倒掉进了水里,浑身上下的衣服全湿透了。因为那时的天气很冷,又加之掉到水里,那孩子受到了惊吓,住了一个多月的院,缺了两个月的课。孩子的学习成绩本来很好,却因为住院导致缺课太多最后不得不留级一年。丁华明知道这件事后,非常痛心,他翻来覆去地思考后决定:把旧的桥拆掉,建一座新的桥,给学生打造一个安全的上学环境。

但是,要给孩子建一座怎么样的桥呢?丁华明也不知道,他没有学过这个专业,完全不懂修桥的事情。于是,他去请教前辈,去实地看。正当丁华明为了修桥忙得不亦乐乎的时候,桥上又出了两件事,这两件事更是让丁华明感到震惊。

第一件事是几个人在桥上打架,其中一个人摔下了桥。因为正在骂人,那人喝了两口水,慌忙之中站起来,脚被碎片割破了,流了很多血。

第二件事是一个人骑三轮车从桥上过,由于雨天车碾过而形成了狼牙路,路面高低不平,车一颠就歪了,连人带车都掉到了水里,导致骨折。等人们把他捞上来,他的肚子都喝饱了,再晚一点儿就要出人命了。家人把他送到县医院,经过两次手术后,他的身体虽然好了,却再也不能负重干活。

连续出现的恶性事件,使丁华明越来越深刻地认识到,修桥迫在眉睫,不能再有丝毫拖延了,不然还不知道会发生什么悲剧。

可是到底应该建什么样的桥呢?是拱桥,还是其他样式的桥?丁华明也不大懂修桥的事。

丁华明通过查阅资料,结合本地土质、位置,以及开发区情况,经过认真研究推敲,最终决定修建一座砖式小型半永久性拱桥。桥的样式定好之后,丁华明细想一下,觉得还有五件事要立马去做:请规划局测量、规划;走访桥周围的人,防止个别人在修桥时捣乱;拜访小学校长,跟他讲明修桥的意义,防止学生在修桥期间误闯;买六盘鞭炮燃放,防止个别闲人又到处胡说;争取方方面面的支持,防止个别单位打坝、个别人阻拦,力争形成"大合唱"的局面,全力以赴,马到成功。

丁华明知道,修桥与修路不一样,修路不动土,修桥必须挖土。但村里个别人还是比较迷信的,为了顺利施工,他必须得到村委会和镇政府的支持。

于是,丁华明先向村支部书记汇报。书记与丁华明一块儿向驻村干部汇报,驻村干部带他俩向书记、镇长做了汇报。书记、镇长听了非常高兴,要求丁华明务必要将这件好事做好、做到位。

汇报后,丁华明的心里有底了。回来之后,他邀请驻村干部、村干部及群众代表,共同研究决定开工的日子及开工仪式怎么安排。

在开工仪式上,村支部书记代表村委会做了要求,丁华明介绍了建桥情况,小学校长做了保证,施工队表了态,最后,驻村干部宣布正式开工。

校门口的新桥,在六盘大炮仗"噼里啪啦"的爆炸声中开工了。丁华明又成了名副其实的"编外监工"。

麻雀虽小,五脏俱全。工程按规划,要先挖两头基础,做拱券,垒两边拦墙,做两边实护栏。工程进行的每一步,丁华明都亲自盯着,基础稳不稳,拱券美不美,边墙牢不牢。护栏既要牢固,又要美观。一句话,良心工程,要经得起时间和历史的检验。

经过实践,这座桥经受住了检验。夏秋季节,老百姓坐在桥两边的护栏上侃大山侃得不亦乐乎,南来北往的人流,累了也可以随时坐在护栏上歇歇脚。来往的车辆川流不息,而这座桥一直稳如泰山。

正巧,黄庄中间的父老乡亲们过河也不方便,丁华明干脆一不做二不休,计划在刚修好的桥东一里路多一点的地方,再修一座与这座桥一样的拱桥。规划图纸都不用动,只要向村支部书记、镇长汇报即可。按说这桥本来应该镇里修,可那时候,镇里的经济正紧张,于是,丁华明决定自己掏钱再修一座。

于是,丁华明又放炮仗修了第二座桥……

有的人认为,丁华明的钱来得容易,给村民们干点事,也是应该的,这并没什么值得说来说去的。有的人认为丁华明虽然挣钱容易,但是人家也应该改善改善自己的生活,换换房、换换车,人家没有义务为村民做这些事情……

客观地说,丁华明并不是不想改善家庭条件,但他是一名共产党员,他的宗旨是全心全意为人民服务,村民的利益是第一位的。了解他的人,会说丁华明是位难得的好同志,他为村民们做的这些事都是诚心诚意的,绝不是作秀;而诋毁他的人,就会说丁华明是傻子、疯子,要假脸,为了显摆才做这些事的。

居里夫人说:"人类也需要梦想者,这种人醉心于一种事业的大公无私的发展,因而不能注意自身的物质利益。"丁华明就是这样的人,他不仅修好了黄庄中间的生活路,还修好了同一条河上的黄庄西地里的生产桥,这也是丁华明修的第三座桥。

现在,丁华明遇到一个难题,也是让他头痛的一件事,那就是他家门前的路人流量很大,也需要修一座桥。可如果再修一样的桥,不免有些呆板;如果修得不一样,个别人可能还会为此说闲话。

后来,经过村委会研究决定,修一座比另外三座桥还要宽的桥,修成高护栏的梁式桥。

梁式桥是指用梁或桁架梁作主要承重结构的桥梁。其上部结构在铅垂向荷载作用下,支点只产生竖向反力。梁式桥为桥梁的基本体系之一,制造和架设均非常方便,在桥梁建筑中也占有很大比例。

因为建筑简单,丁华明根据拱桥图,在前期基础、中期桥梁、后期安装上狠下功夫,最终,这座桥在八个月后竣工。其实,建这座桥也算丁华明为龙王村扶贫项目所做的一大贡献。当然,关于扶贫,丁华明做得就更多了,这里就不一一列举了。要说的还是丁华明所修的第四座大桥,它凝聚了丁华明的智慧和血汗。

第八章 万类霜天竞自由

WANLEI SHUANGTIAN JINGZIYOU

是病都看

村里的路修好了,桥修好了,丁华明的内心一阵轻松,他开始认真研究各种病例,诊治病人。

这天,丁华明刚从外地看诊回来,走在村里的路上,脑子里还在思考着之前遇到的一个病例。

忽然,他看到两个人抬着一张小床,飞也似的从他身旁步跑过,后面还跟一个六十岁左右的女人,那女人头发散乱,累得"呼哧呼哧"直喘气……

丁华明刚从外地回来,还没到家,看这几个人不对劲儿,他又看到了床上的血。他想,那床上抬着的肯定是病人或伤者,这些人定是要去县医院看病。但是,若任凭血这样淌,床上的人可能都坚持不到县医院,怎么办?

不行,既然碰上了,我就必须得救人!丁华明紧走几步,拦住那个女人,问道:"大姐,这是怎么回事?你们这是要去县医院吗?"

那个女人并没停下脚步,而是一边小跑,一边说:"别、别打岔,俺、俺有急、急事!"

"大姐,我就是医生,躺床上的是您什么人啊?我或许可以帮助你们。"

"你帮、帮不了的,俺、俺庄的医生说了,我大儿媳妇这是崩漏……"

"大姐,我这里有急救药,现在要是不抓紧时间给她止血的话,她人大概都撑不到医院了。"

"你、你真是医生,有、有治这病的急救药,真、真的?"

"真的!我就是这庄人,我叫丁华明。"

"你就是丁华明?!你可是能人啊,听人说你啥病都会治!"

"是的,我就是丁华明本人。"

"那可太好了啊!"女人停下来说,"丁医生华明,我一点儿也走不动了,麻烦你帮我撵上他们,我来喊。"

"好。"丁华明放开脚步追了上去……

"你们快回来,儿媳妇有救了,丁华明这里有急救药!"女人没命地喊……

终于,前面那伙人停了下来。等华明跑到跟前,一个六十岁左右的汉子双膝跪下说:"丁、丁——"

汉子喘不上气来,浑身跟水洗过一样。丁华明把他拉起来,喘着粗气说:"快,准备开水。"

汉子向老妇女那儿跑去,用右手抓住篮子,回头就跑,跑到丁华明跟前,一边张着大嘴喘气,一边用手指着竹篮……

丁华明掀开毛巾,拿出一个碗,从热水瓶里倒半碗水放在地上。接着,他又从包里拿个小瓶,倒适量药于碗中,又从筐里拿出筷子搅一搅,然后让病人喝下去。之后,丁华明又把剩下的药给老妇女,并且告诉她:"我先用这药缓解病情,现在你们抓紧时间送她去医院,回来后到我家来,我给她看看这病是由什么原因引发的。"

"谢谢你!老天爷呀,我这下可算有救了啊!"病人情况果然有了一些好转。

一家人双膝跪下说:"您真是我们的大恩人呀!只要给她瞧好,给您当牛做马,我们都愿意!"

"不客气,我们是乡邻。"丁华明把他们扶起来,说,"你们快走吧。"

丁华明走前边,他们一家人跟在后边。从医院回来后,丁华明跟父母打了招呼,让家属把病人安排在他原来研究神经学的书房里,由那老妇人陪着,然后他请两个男人到堂屋喝茶。他自己则一边思考治疗的方案,一边开药方。

二十分钟后,丁华明来到病人面前。

"血止住了?"丁华明轻轻地问。

"止住了。本来以为流血不止应该是没救了,没想到碰到了您出手相救。真的太感谢您了!"病人感激地说。

"不客气,治病救人本来就是我的职责所在。来,我给你诊诊脉。"丁华明右手搭到病人左手腕上,一会儿又换到右手腕上,过一会儿,又认真地看了看病人的脸和舌苔说,"你这经血不准时,量大,气短,不想吃饭……"

"是的,您说得一点都没错。"

"从脉象上看,是脾虚症。你用人参、黄芪、白术、熟地黄、当归、黑姜,熬成固本止崩汤,早、中、晚服用三次,一共服用五天即可。等病好了后,你也要注意个人卫生,防止感染,注意营养饮食。另外,你也不要刚好就下地干活,要注意休养。"

充分发挥个人特长

是病都看,对不对?

对!但是,经过实践,丁华明发现,就是名医,也不是各种病都看,更何况自己也只是普通医生。

要治病救人,就必须改变,发挥个人的特长,防止不该发生的事发生。

那么,丁华明的特长是什么?他最擅长的是中西医结合,利用古法推拿按摩的手法,促使神经再分叉,从而实现器官与全身的协调,促进人体健康。

目前,这方面的疾病都归疼痛科医治。丁华明治疗起来就方便多了,不吃药,不打针,仅靠手指揉按神经,就能快捷又方便地减轻病人的痛苦。

由此看来,全身疼痛,既归疼痛科,又超出疼痛科。就拿颈椎病来说,说小了,可以不治;说大了,可以使人瘫痪。所以,丁华明感到,光治全身疼痛,解除人们的痛苦,就够自己后半生干的了,丁华明决定集中精力,再钻研下去……

干。丁华明说干就干。

他决定,从今以后,自己只诊治全身疼痛症,向特色专业方向发展。并且,他在自家门口贴了告示:

告　　示

尊敬的父老乡亲们:

感谢你们一直以来的支持和帮助。为了更专业地给大家看病,我决定今后只看全身疼痛病,其他病请到其他地方看。从今往后,在我这里看病,不吃药,不打针,不动手术。

特此告知。

丁华明

丁华明放了八挂长鞭炮,他刻苦钻研了半生的医术,现在开始正儿八经地为人民服务了。

神经学,他研究了二十六年。他游历、游学又研究了六年中医。随后,他又跟师父系统学习了四年。他一共研究了三十六年的医学,三十六年啊!

攻克股骨头坏死

丁华明对神经学进行了二十六年的研究,人体神经的方方面面,他掌握得清清楚楚、明明白白。六年的游学、游历,让他对中医有了基本的了解。之后,他将神经学与中医相结合,使二者相辅相成。丁华明的家传绝学虽然简洁但管用,可以达到以简致繁的境界,他在技术上已经达到了炉火纯青、出神入化的地步。

相信他的人,愿意在他这里坚持治下去,不打针,不吃药,不搞什么花架子,一两个疗程就治好了。也有疗程长的,如脑出血、脑卒中后遗症,或康复时间过长的,也需一年或半年。不相信他的人,觉得丁华明治病跟玩一样,这能行吗?又不给病人打针,不给病人吃药,这是骗人的吧?丁华明对此压根不去争辩,他也从不做广告,完全靠事实说话。

丁华明一方面靠实干、苦干、巧干,另一方面继续搞科研,精益求精,百尺竿头,更进一步。别看丁华明生活在农村,但医学界疼痛科但凡有一点儿风吹草动,他都了如指掌。因为丁华明知道任何一种疾病,都是动态的、发展中的,作为一个负责任的医生,他必须不间断地学习新知识，了解医学动态。

所以，丁华明在研究疼痛类疾病后，不管是腰酸腿疼，还是颈椎病、腰间盘椎脱出，他都当成大病治。因为他深知，任何病如果不认真治疗，最终就可能会拖成大病，与其慢慢拖下去，不如一下治疗到位，彻底减轻患者的痛苦。

特别是疑难杂症，丁华明始终把握毛泽东提出的"战略上要藐视敌人，战术上要重视敌人"的原则，坚决做到对每一个疑难病例"在战略上坚持持久战，在战术上打好歼灭战"，抓住不放，发扬愚公移山的精神，久久围攻，不信战胜不了它。

股骨头坏死是一种非常严重的骨科疾病。丁华明刚接手治疗一名患者的这种病时，患者已经花了几十万元了。在医院，医生建议，要换股骨头或截肢，这样做就还得再花几十万元。患者为了治病已经倾家荡产，根本拿不出什么钱了，这可怎么办？

遇到这种情况，病人一般有两条路可以走：一是听天由命；二是相信"高手在民间"。有位病人选了第二条路，他找到了丁华明。丁华明认真检查一遍后，与医院的检查结果差不多，不好治。

死马当活马医吧！患者没要求，因为医院给结果了，治好了，那是命；治不好，那也是命，怨不到丁华明头上！

而丁华明不这样认为，他想，只要患者还有一口气，他就会用百倍的努力去抢救。股骨头坏死并不可怕，可怕的是不去寻找战胜它的方法。

股骨头坏死的治疗难度非常大，所以股骨头坏死又被称为不死的绝症。这种病不仅严重影响患者的身体健康，更会影响到他们的心理健康。

股骨头坏死的大部分表现就是髋关节缺血性坏死，而髋关节是人体行走或坐卧的最关键部位，一旦髋关节坏死，就会影响整个人的活动。想要使髋关节恢复到完好无损的地步，是相当艰难的。股骨头坏死在早期的时候是没有明显症状的,疼痛感并不强烈,因此很难被发现。等到被发现的时候,其病变已经发展到骨细胞坏死、萎缩等严重程度。甚至这个时候,有的患者还没有明显症状,就算有一些疼痛的感觉,患者也很容易误认为是得了风湿疾病。

为什么会这样呢？丁华明默默地认真研究起来。

经过一段时间的研究,丁华明发现,股骨头坏死是一个病理演变过程,初始发生在股骨头的负重区,病因不外乎有两种:一种发生在股骨颈骨折复位不良愈合,股骨头内的负重骨小渠转向负重区承载应力减低,出现应力损伤,所以坏死总是发生在患者骨折愈合、负重行走之后;另一种是骨组织自身病变,如最常见的慢性酒精中毒或使用糖皮质激素引起的骨坏死,同时骨组织的再生修复能力障碍。此外,还包括儿童发育成长期股骨头生发中心——股骨头骨骺坏死,又称股骨头坏死、扁平髋。

丁华明翻看了很多股骨头坏死的病例,发现股骨头坏死的症状是多种多样的,病痛出现的时间、发作的程度也不尽相同,但都是以病理演变作为基础,而各种临床表现都不是股骨头坏死所特有的,许多髋关节患者都可能发生,换句话说,难以通过患者主观症状和临床检查做出股骨头坏死的诊断来。

股骨头坏死最常见的症状就是疼痛,疼痛的部位是髋关节、大腿近侧。如何治疗股骨头坏死,就是一个大问题了。

一般来说,可以对酒精和激素中毒引发的病症,采取戒酒或终止使用糖皮质激素措施,通过生物学反应促进骨再生和病变组织修复,尽可能使之修复完善,有效恢复承重能力,防止股骨头变形塌陷。另一个治疗的关键在于减少负重、行走,降低股骨头负重区载荷,避免减弱的骨组织发生显微骨折、塌陷。丁华明主张病人应该少量分次行走,切忌蹦跳,在坏死病变进展期宜靠扶持助行,鼓励病人做减负运动,如骑自行车、游泳。病人在病痛发作时可卧床,避免负重。可试用促进骨营养和生长的药物。对于濒临塌陷或已塌陷变形，长久疼痛功能障碍者可施行人工髋关节置换手术，该手术技术成熟，效果肯定好，成功率高。

　　丁华明把股骨头坏死的来龙去脉研究清楚后，他就另辟蹊径，以髋关节为中心，以古法按摩为手段，通过掐、揉、推、拨，刺激神经分叉、血管充血，使骨头慢慢康复，使之向健康方向发展……

研究强直性脊柱炎

时间如白驹过隙,一晃丁华明已经七十多岁了,但他老当益壮。在多年诊病治疗过程中,他发现强直性脊柱炎如果不积极治疗,可能会威胁到生命。于是,丁华明在攻克股骨头坏死的同时,又开始了对强直性脊柱炎的探索。

治疗强直性脊柱炎,要根据具体患者病情,以及身体情况进行分析,不能一概而论,不同患者存在一定的差异性。但强直性脊柱炎一般不会直接影响患者的寿命。

丁华明根据治疗情况分析,认识到强直性脊柱炎属于免疫系统方面的疾病,会进行性发展。如果积极治疗,控制病情发展,患者的寿命相对而言就比较长;如果不进行规范化的治疗,后期会导致脊柱关节畸形的改变,容易影响内部器官的功能,从而会缩短患者的寿命。

强直性脊柱炎的治疗是一个世界性的难题。为什么这么难治呢?丁华明通过学习调研,从强直性脊柱炎的病因及免疫系统等方面来分析这个问题。

丁华明知道强直性脊柱炎可以通过手术治疗,但是治疗效果往往不佳。从表面上看,强直性脊柱炎与关节的病变造成患者关节强直,实际上强直性脊柱炎会引发免疫系统疾病,累及多个脏器同时发生病变。手术虽然可以解决关节骨桥强直问题,但却解决不了术后骨桥继续形成问题,因此,手术治疗往往以失败而告终。免疫学治疗又难以解决筋腱末端炎症问题,骨桥将继续形成,最终病情难以控制。

强直性脊柱炎是以骶髂关节和脊柱附着点炎症为主要症状的疾病。遗传导致的病变,丁华明研究了很久,到现在仍没有突破;非遗传病变引起的强直性脊柱炎,丁华明使用古法推拿按摩法,个别的也可以看好,这也算一种突破吧。

父亲、爱人鼎力支持

丁华明家一共十口人,丁华明是老大。丁华明聪明伶俐,学习能力极强,为了让家人能过上好日子,从打快板、说书,到唱戏,他无所不会。在那个时代,平时能吃饱,过年能吃上白面馍,还能割两斤肉、买两斤酒就已经很了不起了。

而这些丁华明都做到了,他的父亲心里别提多高兴了。家里表面上父母当家,实际上是丁华明当家。在20世纪六七十年代,农民的家好当,唯一的大事就是能让全家人吃饱肚子、穿暖衣服,做到这些就是个好当家的。丁华明在父母的支持下,谋划着,努力着,拼搏着……

丁华明结婚的对象不是别人,正是地主成分的刘老窑的闺女刘明珍。如果换作别人,谁敢娶地主的女儿?而丁华明却不这样认为。

真正把刘明珍娶到家后,丁华明的父母感到她确实与其他姑娘不一样,丁华明更感到不一样。

实际上,刘明珍并不是个啥也不会的娇养姑娘,上午被丁华明娶到家后,刘明珍晚上就把洗脸水、洗脚水端到公爹、公婆面前,和气地说:

"大、娘,你们请洗漱。"待丁华明父母洗好,她又把洗脸水、洗脚水端去外面倒掉,又问明天早晨做饭等问题,问好了后,她与公公婆婆告别,又去给丁华明端洗脸水、洗脚水,很是贤惠勤快。

每天天不亮,刘明珍就起来做饭,然后招呼公公、婆婆、小弟、小妹吃饭。待公公婆婆去世后,小弟成家了,小妹出嫁了,刘明珍又开始照顾自己的孩子……可以这样说,刘明珍自从进了丁华明家,就像高速旋转的陀螺,一刻也没停止过旋转……

刘明珍的勤劳,成全了丁华明,既成全了丁华明的事业,也成全了丁华明的四大爱好。

丁华明的第一个爱好就是请客,这来源于刘明珍周到的考虑。因为丁华明不喜欢装钱,每次回来挣多挣少,他全部交给刘明珍保管。每天早晨,给丁华明准备衣服时,刘珍明都给他装好钱,无论丁华明怎么花,她从来不问。她认为,男人要像男人样,要拿得起放得下。要做到这些,钱是至关重要的。

丁华明请客,不讲俗礼,十块八块钱请过,百八十块钱请过,千八百块钱请过,万八千块钱也请过。而他自己吃饭,早饭在家是一碗稀饭、一个馍;在外边是一碗麻糊、两根油条或一笼素包子。中午在家是两碗面条;在外是一碗肉丝面。晚上碰到上啥吃啥,在吃饭这个事上他从不挑剔。

20世纪80年代末,丁华明从外地回来,刚下车,本来计划回家吃饭。这时,碰到爷儿俩在车站闹起来了。丁华明在一旁听了一会儿便明白了:小青年考上了本科自费大学,家里没有借够钱,他不同意去学校报到。

丁华明走上去说:"我看我们不如找个偏僻的地方说说,这地方人多眼杂,说话不方便。"

"我们把票买好了,怕车一会儿就开走了。"

"没事,我认识他们,其实我也认识你。"

"你认识我?"

第八章 万类霜天竞自由

"你是大老徐,徐永旺,比我高两个年级,对不? 我们在一块儿开过会。"

"噢,原来你是丁华明! 你要不跟我讲话我都不敢认你了,你变化咋这么大?"

"其实我也没有什么变化,只是长头发变成了寸头。走吧,咱们到前边小店喝两杯。"

"这……"大老徐支吾着。

"这有什么,咱们有一二十年没见面了,一块儿吃顿饭怕什么? 你与娃要闹到什么时候?"

"好,走。我请你。"

"谁请谁都无所谓。走,侄子。"丁华明叫上小伙子,走在前面,到饭店点了四菜一汤,拿了一瓶酒。菜上来了,丁华明斟了一杯酒,双手端给大老徐说:"给你,老兄。"

"让你侄子倒酒。"大老徐站起来说。

"客气啥,侄子叫什么名字?"

"我叫徐奉效,丁叔。"小徐接过酒瓶,给丁华明斟了一杯。

"给你自己斟一杯,大学生,天之骄子啊!"丁华明装着严肃,又端起酒杯说,"为了侄子金榜题名,咱们干杯。"

"好,奉效,你也给自己斟上一杯,敬敬你丁叔。"大老徐说。奉效也给自己斟了一杯。

"谢谢。"大老徐爷儿俩异口同声地说。

"那侄子,你想不想上大学呢?"

"想啊,丁叔,我做梦都想上大学。"

"那你为什么不同意去?"

"这……"徐奉效的脸红了,他慢慢地低下头,泪一滴一滴地落了下来。大老徐正要开口,丁华明制止了。他关切地问徐奉效:"你有难言之隐吗?"

"没有,"奉效擦干眼泪,端起面前的酒杯,一饮而尽,说,"我不想伤害我小妹,即便不上学,我也不能伤害她。"

"你上大学,怎么就伤害你小妹了?"

"我考的是自费大学,要交四千二百块钱,我家没钱,我大就要给我小妹说婆家。彩礼能给四千,但是男方年龄太大了,小妹看不中,只是在家哭。作为哥哥,无论如何,我不能将我的幸福建立在小妹的痛苦之上,不然,我以后还有脸见她吗?"

"你做得对,孩子,亲情的确很重要。"

"谢谢您的理解,丁叔。"

"我这也是没有法的办法,我也知道女儿不愿意,儿女连心啊!但作为一个农民,除了嫁女儿,我还能上哪儿去弄四千二百块钱呀?奉效,交上这四千二,你以后就是国家的人了,吃的、住的,就都不需要我们操心了,就是找媳妇,也省心多了。"大老徐脸皱成了一团,一口气说完,脸红了。

"大……"奉效不想让父亲继续说下去,但被丁华明拦住了。

待大老徐说完,丁华明说:"这件事我明白了。你爷儿俩做得都对。奉效,学是一定要上的,这可是千载难逢的好机会,你一定要抓住;老兄,女儿你也要爱惜,不能伤害她。我去方便一下,一会儿就回来。"

爷儿俩这下都傻了,坐在那里面面相觑。

不一会儿,丁华明回来,从袖筒里倒出五沓面值都是十块的钱,这是他在外边给人看病挣的。

"你这是……"大老徐望着丁华明,奉效两眼紧紧地盯着钱。

"这样,这是五千块钱,四千二给奉效交学费,剩下八百块是他这四年的生活费。奉效,到校后,你一定要好好学习,业余时间你勤工俭学搞点儿收入,生活肯定没问题。"丁华明凝视着大老徐说:"奉效是你的儿子,也就是我的儿子,这五千块钱算我给奉效的学费。至于女儿,她还小,过两年再说。彩礼钱你抓紧时间退给人家。对了,饭钱我付过了,奉效,你快走吧,别误了车……"

还有一次请客是在北京全聚德,丁华明请人吃鸭全席,喝茅台酒,饭后又给了八千块钱,只为学人家治妇科病血崩的秘方……

丁华明的第二个爱好是思考。爱思考,是他的显著特点。你稍注意就会发现,丁华明无时无刻不在思考。他思考时,喜欢吸烟,一支接一支。如果一口气吸半支,那就是思考到了关键部分。

"思考是行为的种子。"这是爱默生的名言,也是丁华明这些年的经验。

丁华明的第三个爱好是收藏。跟丁华明相处过的人都知道,只要以前用过的东西,他都留着。比如他小时候用的课本、做的作业,毛主席像章、黄水壶、黄书包、石膏像、军装军帽军鞋、武装带等,他吸烟的烟盒、喝的酒、当各种工匠时使用过的工具、演戏用的音乐和乐器……

写到这里,我们知道这是收藏。收藏的意义,对丁华明来说,是爱好,是留心。

对喜欢收藏的人来说,他收藏的不仅是历史,同时还可以弥补由于时间因素造成的遗憾。

音乐方面的东西,因为经常用到,大家还认识;而农业方面的权耙、木锨、石磙、石磨子、锄头、镰刀等工具,很多人特别是孩子,根本没有见过;至于木匠、鞋匠、铁匠等的用具,许多人连听都没听过,更别说见了。所以,丁华明认为自己建个私人博物馆势在必行。

收藏,对社会有着很大的贡献,对收藏者本人来说,也是一项颇有意义的兴趣爱好,它不但为你打开了知识之窗,使你得到美的享受,而且长期从事收藏的人,还能养成在学习、工作和生活中井井有条的良好习惯,能培养毅力,增强事业心。

丁华明的第四个爱好是乐于捐献。丁华明在还不知道什么是捐献时,就已经开始捐献了。十多岁时,丁华明用做生意赚的钱,给全村小伙伴买烧饼吃。中学时,他从家带的馍,留给自己吃的没有给同学的多。1960年,丁华明为了他二大娘不饿死,打的饭自己舍不得吃,偷偷地送给孤寡的二大娘吃,自己差一点儿饿晕……

说实在的,从来没人让他这么做,是他乐意这么做的。这就是人格高度,人格让他做的,一个人的人格决定一个人的命运。丁华明到底捐献了多少钱,他自己也不知道,他只知道捐……

丁华明给国家捐献过。一旦国家出现重、难、险、急,如发生大地震等,丁华明总是跑在前面,尽其所能,能捐多少捐多少。用丁华明的话说:"国家国家,没有国,哪有家?只有国家稳定了、富强了,才有我们小家庭的安全富裕,老百姓才能安居乐业。"

丁华明也给集体捐献过。可以这样说,丁华明把集体当成自己的家。只要集体需要,他从不退缩。如大队建幼儿园、建小学、建妇检室,他都捐。另外,他为集体修了四条路和四座桥。即便现在老了,集体要干什么,丁华明依然老当益壮,一马当先。

至于资助过多少孩子上幼儿园、小学、初中、高中、大学、研究生,丁华明自己都记不清了。他给人看病,更不用说了。病看好了,有钱的,他收医药费;没钱的,他就让病人先欠着;实在没钱的,他索性免费给医治。至于鳏寡孤独残看病,他从不收钱。要是没钱回家,丁华明还会给病人准备好路费。

如果问丁华明这一生捐献了多少钱,他只会笑着说:"不知道。"

【后记】

只为人间少份痛

文 / 王灵芝

记得在满架蔷薇一院香的时光里,桑汤先生和我煮茗、聊天,我们畅谈文字、健康和中医学,还有拙作《面向珠峰》。阳光正好,听桑汤先生轻声诉说他多年前的不幸。

因工作期间突发脑出血,他在北京 301 医院住院整整一年。当时他的出血量过大,治疗后留下了一些后遗症,如面瘫和半身不遂,生活不能自理,书写更是困难。但桑汤没有屈服于病魔,他开始苦心寻求老祖宗留下的治疗方法。

高手在民间,绝活出草莽。桑汤有幸认识了阜阳开发区龙王村的乡村医生丁华明,丁医生不给他吃药打针,仅靠一双手,一个小锤,一个垫板,居然把他的面瘫和半身不遂医治好了,让他变得几乎和常人一般。这让被病痛折磨许久求医无果的桑汤感恩不尽。

他对我说:"我见过太多的病友,他们忍受的病痛是我无法用语言描述的。病体的煎熬、思想的压力,往往使人丧失了活下去的勇气。丁华明医生费心医好了我,我想尽力把丁医生的故事写出来,让更多的人知道丁医生其人、其德和他的中医疗法。若能让更多的病友像我一样康复,也算我为病友们做一份贡献了。"

说着,他拿出一卷书稿给我,请我做文字校对。厚厚一卷约十多万字的书稿,是桑先生用不太灵活的手,一个字一个字写出来,后又请年轻人打印出来的。掩卷沉思,我不懂中医学,但中医的疗法也曾帮我祛除病痛。后来,我一看见中药草就倍感亲切,闻到中药香便觉得踏实,我把中药融进茶饮里,融进饮食里。

和桑汤先生谈及彼此的生病经历，我们都很有感慨。中草药医治病人的方法，的确很神奇。一位产妇朋友产后第七天，因极度哀伤生气而患上急性乳腺炎。去了医院，经过一系列检查，医生让手术切开乳房排脓。女子不想手术，转身去看中医。老医生给她开了几味简单的草药，有苦丁、黄连、蒲公英等，让她煎服。女子服了药后，感觉疼痛有所缓解，后来她便将此方转告了很多产妇和乳腺有问题的人。

我也见证过针灸的神奇。新生儿黄疸是常见的疾病，严重者要住院治疗，一个疗程需要好几千甚至上万元。治疗时不让母乳喂养，婴儿要单独在治疗室内。哪个母亲愿意在这个时候跟孩子分离呢？中医对此有办法，即针灸无名手指，挤出一点血，给婴儿晒太阳。此方根本不需要花钱，最多到中药店买两元茵陈，让母乳喂养的母亲泡茶喝即可。真的给孩子这样做了，孩子肉眼眼见的好转了，等再化验血液时，孩子的黄疸值已经回归正常值了。

老祖先留给我们的中医文化，就是中华瑰宝。老祖宗让我们保持日出而作，日落而息，恬淡宁静，心境自然，这些生活经验我们还是应该尊崇的。我们来自于自然，最终也要回归自然，人食五谷杂粮，生活在滚滚红尘中，难免会滋生各样的疾病。人人都需要医生朋友。桑先生将他对丁华明医生的感恩之情用文字的方式传达出来，能让更多的病友找到有缘的医生，解除病痛，健康生活。

为桑汤先生的写作精神和感恩的心而感动，为丁华明医生的传奇医术和大爱精神而感动。只为人间少份痛，哪怕只有那么一点点，这便足矣！

2023 年初冬于阜阳

（王灵芝，笔名悠然，安徽利辛人，现居阜阳。中国散文学会会员、安徽省作家协会会员、阜阳市颍州区作协副主席。早年在甘肃省甘南藏族自治州支教 5 年。专业英语教师，户外行者。完成过 2 次百公里毅行和 2 次马拉松长跑，成功穿越库布齐沙漠无人区。出版诗文集《关山相隔》、游记《面向珠峰》《一生痴绝处》。作品入选《中国最美爱情诗选》《中国情诗精粹》等书。曾获首届太白杯诗歌大赛一等奖，诗歌朗诵大赛一等奖。）